U0079960
STS
山田社

STS

山田社

蝦米！7天就會？歹勢！是真的！

7天學會

365天用的 a sentence pattern

美語51句型

pattern

山田社
Shan Tian She

最基礎！

學習容易，開口難嗎？
其實，英文一點都不難，
只要，「情境＋套用＝好簡單」！

學不好美語的人的共通點：

◇學了一堆單字、文法卻不會應用。
◇不積極把自己放在「全美語的環境」裡。
◇鼓不起勇氣跟老外說話。
◇看影集完全依賴字幕。

能學好美語的人的共通點：

◇喜歡歐美文化！
◇從卡通或歌曲…等開始學起！
◇生活中盡可能多用美語！
◇看影集時把老外的腔調、快慢、語氣一起記住！

其實，學美語一點都不難，只要，設想情境後，再套用就會覺得好簡單。請讓自己去嘗試各種情境，然後看到老外就要鼓起勇氣，學了就要說唄！

《7天學會365天用的美語51句型》採用「一個蘿蔔一個坑」式學習法，把生活上最常遇到的情境，整理成數十個實用句型，內含基礎英文文法，配上符合情境的大量單字，您只需選擇自己需要的單字，替換進句型的單字空格中，就是一個完整的句子啦！特色有：

◆ **第1好用**：精選一天24小時中，最常用到的51個基本句型，輕鬆學會！
◆ **第2好用**：常遇到的場景、常用的單詞，再配合超可愛的插圖，讓您隨時套用。
◆ **第3好用**：句型配合單字，不用想太多，就能輕鬆說美語！
◆ **第4好用**：每一個句型，就有3個情境，也就是「1個句型×3個情境」=盡情說美語！

目錄
contents

Part1 日常用語

Part2 基本句型

Part3 跟自己有關的話題

Note 我常用的寒暄句

中文	英文

Part 1

1. 你好

1-1

Hello.

你好！

Hi.

嗨！

Good morning.

早安。

Good afternoon.

午安。

How do you do?

您好嗎？（初次見面）

How are you?

你好嗎？

Nice to meet you!

很高興認識你！

What's up?

發生了什麼事？

2. 再見

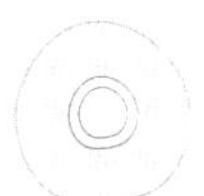

1-2

Good-bye.
再見！

Bye Bye.
拜拜！

See you later.
回頭見。

Later.
待會見。

Good night.
晚安！

Have a nice day.
祝你有美好的一天。

Have a good flight.
一路順風。

Take care.
保重。

3、回答

Yes. / Yeah.

是的。

Yeah, right.

是的，沒錯。

I see. / I think so.

我明白。

Oh, that's why.

原來如此。

No, thank you.

不，謝謝你。

I don't think so.

我可不這麼認為。

That's ok.

沒關係。

OK.

好 / 沒問題。

4. 謝謝

1-4

Thank you very much.

非常感謝。

Thanks.

謝謝。

Wow, that's so nice of you.

哇，你真好。

Thanks for your help.

謝謝你的幫忙。

Thanks for your time.

謝謝你抽空。

5. 不客氣

You're welcome.
不客氣。

Well, don't worry about it.
不必擔心這個 / 沒什麼大不了 / 不用客氣。

Not at all.
不客氣。

No problem.
沒問題。

My pleasure.
這是我的榮幸。

Oh, it's nothing.
喔！那沒什麼。

Really, it's nothing much.
真的！那沒什麼。

Don't mention it.
不要在意！

6. 對不起

1-6

I'm sorry.
我很抱歉。

Sorry.
對不起。

I apologize.
我道歉。

I'm sorry about that.
我對那事感到遺憾。

Oops. Sorry.
噢…對不起。

Please forgive me.
請原諒我。

7. 借問一下

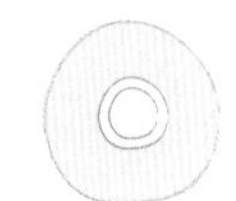

Excuse me.

對不起。

Excuse me, sir / ma'am.

對不起，先生 / 小姐。

Would you please tell me…?

請你告訴我…好嗎？

Does anybody know…?

有誰知道…

Excuse me, do you have a minute?

對不起，能打擾你一分鐘嗎？

Sorry to bother you, but... .

很抱歉打擾你，不過…。

May I ask... .

我可以問 / 請求…。

8. 請再說一次

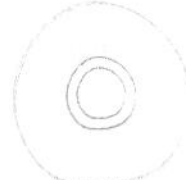

1-8

Pardon?

再說一次好嗎？

Excuse me?

再說一次好嗎？

Could you please repeat that?

可以請你重複一遍嗎？

Do you mind saying that again?

你介意再說一遍嗎？

I'm sorry, I didn't catch that.

對不起，我剛剛沒有聽清楚。

What did you say?

你剛剛說什麼？

9. 感嘆詞

1-9

Gosh!

（表示驚奇等）啊！糟了！

Gee!

（表示驚訝，讚賞等）哇！咦！啊！

Well!

這個嘛！

Shoot!

（感嘆詞）真是的！

Oops!

（表示驚訝、狼狽、謝罪等的叫聲）哎喲！

Come on!

得了吧！

Oh, my!

噢，天啊！

No way!

不可能 / 怎麼可能！

Part 2

Chapter 1

I am+A.

CD1-10

我是老師。

I am a teacher.

使用場合　透過 be 動詞，I 就等於後面的名詞，常用來表示國籍、職業、名字、（與他人的）關係等事物。另外，名詞之前也常會有冠詞或所有格形容詞。

POINT

本單元「相關」的內容

名字	職業	（與他人的）關係
Dora	a student	her sister

常聽到美國人說的句子

I am an American.
我是美國人。

I am Kate.
我是凱特。

I am a writer.
我是作家。

I am his wife.
我是他的妻子。

我是＋ A。 （請替換下面的單字）

I am+ A .

（冠詞＋所有格＋）單數名詞

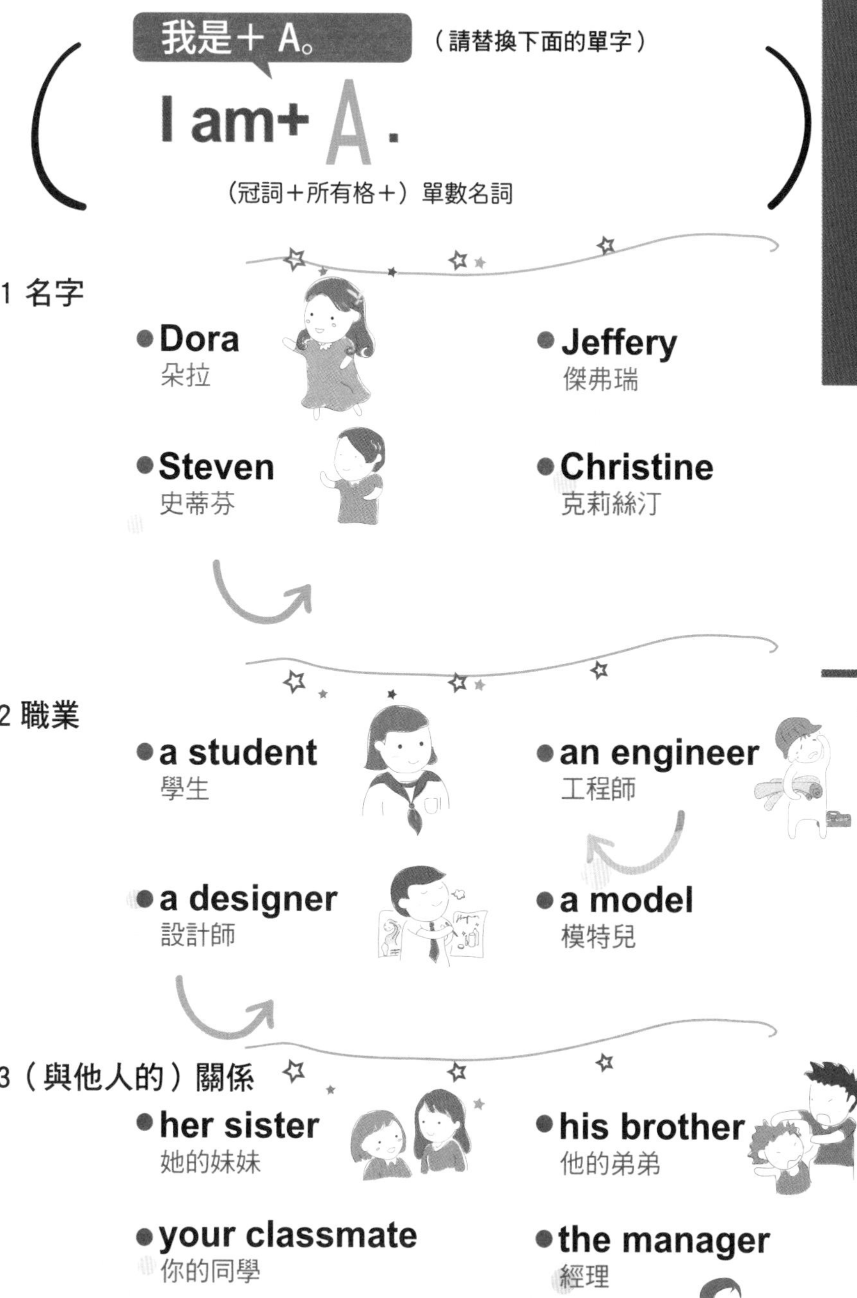

1 名字

- **Dora** 朵拉
- **Jeffery** 傑弗瑞
- **Steven** 史蒂芬
- **Christine** 克莉絲汀

2 職業

- **a student** 學生
- **an engineer** 工程師
- **a designer** 設計師
- **a model** 模特兒

3（與他人的）關係

- **her sister** 她的妹妹
- **his brother** 他的弟弟
- **your classmate** 你的同學
- **the manager** 經理

Chapter 2

I+A.

CD1-11

我微笑。

I smile.

使用場合 說明自己平常的興趣、職責、習慣等行為，可以是單純的動作，或是有受詞的動作。在動詞後面接上名詞，表示它是動詞的受詞。

POINT

本單元「相關」的內容

習慣	興趣	職責
study	draw	report news

常聽到美國人說的句子

I exercise.
我運動。

I sing.
我唱歌。

I know him.
我認識他。

I wear glasses.
我戴眼鏡。

我＋A。（請替換下面的單字）

I+ A.

原形動詞（+ 名詞）

1 習慣

- **study** 唸書
- **read** 閱讀
- **run** 跑步
- **walk** 走路
- **smoke** 抽菸

2 興趣

- **draw** 畫圖
- **listen to music** 聽音樂
- **watch TV** 看電視
- **go to the movies** 去看電影

3 職責

- **report news** 播報新聞
- **sweep the floor** 掃地
- **design clothes** 設計衣服

Chapter 3

He likes+A .

CD1-12

他喜歡籃球。

He likes basketball.

使用場合　可以說明他喜歡的東西，像是物品、人物、活動都可以！

POINT

本單元「相關」的內容

物品	人物	活動
toys	his friends	traveling

常聽到美國人說的句子

Laura likes cats.
蘿拉喜歡貓咪。

He likes dogs.
他喜歡狗。

He likes talk shows.
他喜歡談話性節目。

He likes Jazz music.
他喜歡爵士樂。

他喜歡＋ A。（請替換下面的單字）

He likes+ A .

（冠詞 +）名詞

1 物品

- **toys** 玩具
- **the book** 這本書

- **Taiwanese food** 台灣菜

- **apples** 蘋果

2 人物

- **his friends** 他的朋友

- **Chinese** 中國人
- **Jude Law** 裘德洛
- **Julia Roberts** 茱莉亞羅勃茲

3 活動

- **traveling** 旅遊
- **computer games** 電腦遊戲
- **hiking** 健行

- **fishing** 釣魚

Chapter 4

I want+ A+ B.

CD1-13

我想要一輛車。

I want a car.

使用場合　表示自己想要多少數量的什麼東西。別忘記名詞又分可數和不可數名詞喔！

POINT

本單元「相關」的內容

不可數名詞	可數名詞
some ／ food	a ／ mobile phone

常聽到美國人說的句子

I want two pieces of cake.
我想要兩片蛋糕。

I want a bouquet of flowers.
我想要一束花。

I want a bottle of wine.
我想要一瓶酒。

I want some rice.
我想要一些飯。

我想要＋A＋B。（請替換下面的單字）

I want+ A + B.

量詞　名詞

1 不可數名詞

- **some ／ food**
  一些 ／ 食物
- **a glass of ／ water**
  一杯 ／ 水
- **a slice of ／ bread**
  一片 ／ 麵包
- **a pack of ／ salt**
  一包 ／ 鹽
- **a lot of ／ money**
  很多 ／ 錢
- **some ／ air**
  一些 ／ 空氣

2 可數名詞

- **a ／ mobile phone**
  一支／手機
- **a ／ dog**
  一隻 ／ 狗
- **five ／ copies**
  五份 ／ 副本
- **a lot of ／ drinks**
  很多 ／ 飲料
- **a ／ vacation**
  一個 ／ 假期
- **eight ／ flashlights**
  八支 ／ 手電筒

Chapter 5

A+ are+ B.

CD1-14

那些男孩們真吵。

The boys are noisy.

使用場合

形容詞會反映自己對這些事物的感覺喔！也許是喜歡的、討厭的，或是也可以客觀地做中性的形容。

POINT

本單元「相關」的內容

喜歡的	討厭的	客觀、中性的
the scones ／ yummy	**the fish ／ disgusting**	**my friends ／ rich**

常聽到美國人說的句子

Patty and Iris are kind.

派蒂和艾瑞思人很好。

These cookies are delicious.

這些餅乾真好吃。

My cats are quiet.

我的貓咪們很安靜。

Those girls are mean.

那些女生很小氣。

A＋真是＋B。（請替換下面的單字）

A + are + B.

（冠詞／形容詞＋）複數名詞　形容詞

1 喜歡的

- **those shoes ／ pretty**
  那些鞋子／漂亮
- **the scones ／ yummy**
  司康／好吃
- **your performances ／ excellent**
  你的表演 ／ 很棒
- **the movies ／ awesome**
  電影／很酷

2 討厭的

- **the fish ／ disgusting**
  魚／噁心
- **my brothers ／ annoying**
  我弟弟／煩人的

- **the peaches ／ bad**
  桃子／不好的
- **the manuals ／ useless**
  手冊／沒用的

3 客觀、中性的

- **my friends ／ rich**
  我朋友們／有錢的

- **the temples ／ large**
  寺廟／大

- **her chances ／ small**
  她的機會／小
- **the lines ／ straight**
  線／直的

Chapter 6

I am not+A .

CD1-15

我不是牛仔。

I am not a cowboy.

使用場合　這麼說可以澄清別人對自己的誤解，像是名字、國籍、職業、與他人的關係等。

POINT

本單元「相關」的內容

名字	國籍	關係人	職業
George	Brazilian	your uncle	a chef

常聽到美國人說的句子

I am not an actor.
我不是演員。

I am not a student.
我不是學生。

I am not his girlfriend.
我不是他的女朋友。

I am not a Korean.
我不是韓國人。

我不是＋ A。　（請替換下面的單字）

I am not+ A .

（冠詞 / 所有格＋）單數名詞

1 名字

● **George**
喬治

● **Tina**
蒂娜

● **Rob**
羅伯

2 國籍

● **Brazilian**
巴西人

● **Russian**
俄國人

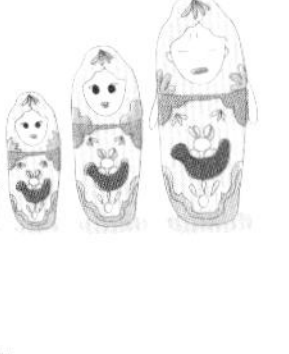

● **Mexican**
墨西哥人

3 關係人

● **your uncle**
你的叔叔

● **his sister**
他的姊姊（妹妹）

● **her husband**
她的丈夫

4 職業

● **a chef**
廚師

● **a journalist**
記者

● **an actor**
演員

Chapter 7

A+doesn't+ B.

CD1-16

她不想要娃娃。

She doesn't want the doll.

使用場合　表示某個人並不做這個動作，可能是習慣、想法、感受等。動詞後面也可以接上代表受詞的名詞。或是修飾動作的副詞等。

POINT

本單元「相關」的內容

感受	想法	習慣
Henry ／ care	the scientist ／ think so	his boss ／ drive

常聽到美國人說的句子

The dog doesn't like fish.
那隻狗不喜歡魚。

He doesn't know.
他不知道。

Bob doesn't waste money.
包柏不浪費錢。

Kate doesn't believe me.
凱特不相信我。

A +不+ B。（請替換下面的單字）

A +doesn't+ B .

單數名詞　　原形動詞（+ 名詞 / 副詞 ...）

1 感受

- Henry ／ care
  亨利／在乎
- Mom ／ worry
  媽媽／擔心
- Frank ／ love her
  法蘭克／愛她
- my son ／ enjoy music
  我的兒子／享受音樂

2 想法

- the scientist ／ think so
  那個科學家／這麼認為
- my teacher ／ know me
  我的老師／認識我

3 習慣

- his boss ／ drive
  他老闆／開車
- Mom ／ take the bus
  媽媽／搭公車
- my brother ／ shave
  我哥哥／刮鬍子
- Grandpa ／ stay up late
  祖父／熬夜
- Josephine ／ lie
  約瑟芬／說謊
- Paula ／ exercise
  寶拉／運動

Chapter 8

Is+ A+ B ？

CD1-17

他是橄欖球員嗎？

Is he a rugby player?

使用場合

問問題好確認某人或是某物的身分，包括名字、職業、關係人、或是物品名稱等。

POINT

本單元「相關」的內容

名字	職業	關係人	事物、動物
this lady ／ Helen	Rob ／ an engineer	he ／ your nephew	it ／ an accident

常聽到美國人說的句子

Is Mary your niece?
瑪麗是你的姪女嗎？

Is he a police officer?
他是警官嗎？

Is she Nicole?
她是妮可嗎？

Is it a monkey?
那是一隻猴子嗎？

A＋是＋B＋嗎？（請替換下面的單字）

Is+ A + B ?

（形容詞＋）單數名詞 （形容詞／冠詞＋）名詞

1 名字

- **this lady ／ Helen**
  這位女士／海倫
- **this man ／ Tom Hanks**
  這個男人／湯姆漢克斯
- **the author ／ Shakespeare**
  作者／莎士比亞

2 職業

- **Rob ／ an engineer**
  羅伯／工程師
- **Jessie ／ a manager**
  傑西／經理
- **Adrian ／ a salesperson**
  安德里安／推銷員

3 關係人

- **he ／ your nephew**
  他／你的姪子
- **Mr. Dai ／ her uncle**
  戴先生／她的叔叔
- **his father ／ our professor**
  他爸爸／我們的教授

4 事物、動物

- **it ／ an accident**
  那件事／一場意外
- **Fannie ／ a horse**
  芬妮／一匹馬
- **that ／ a camera**
  那個／一台相機

Chapter 9

A + have+ B .

CD1-18

傑克和琳達有間公寓。

Jack and Linda have an apartment.

使用場合 想說明人們擁有甚麼東西，就這麼說！親友、收藏、特質、或是其他抽象的事物，都可以用喔！

POINT

本單元「相關」的內容

親友	收藏	特質	抽象的事物
We ／ a baby	**You ／ many books**	**People ／ talents**	**Students ／ plans**

常聽到美國人說的句子

They have some secrets.
他們有些秘密。

They have two cars.
他們有兩台車。

We have a deal.
我們有個交易。

The players have a good coach.
選手們有個好教練。

A＋有＋B。　（請替換下面的單字）

A + have+ B .

複數名詞　（形容詞／冠詞＋）名詞

1 親友

- **We ／ a baby**
  我們／一個小孩

- **My kids ／ a lot of classmates**
  我的孩子／很多同學

2 收藏

- **You ／ many books**
  你們／很多書籍
- **Mike and I ／ some postcards**
  麥克和我／一些明信片
- **We ／ countless stamps**
  我們／數不清的郵票
- **My students ／ many CDs**
  我的學生們／很多唱片

3 特質

- **People ／ talents**
  人類／天賦
- **Rabbits ／ long ears**
  兔子／長耳朵
- **Ana and Amy ／ freckles**
  安娜和愛咪／雀斑

4 抽象的事物

- **Students ／ plans**
  學生／計畫
- **My parents ／ an agreement**
  我的父母／協議
- **Her sons ／ a wish**
  她的兒子們／一個願望

Chapter 10

Do you+ A ？

CD1-19

你上網購物嗎？

Do you shop online?

使用場合

問別人有沒有某種習慣、興趣、才能的時候，就這麼問！原形動詞後面還可以接上名詞，當作動詞的受詞喔！

POINT

本單元「相關」的內容

習慣	興趣	能力
wear skirts	play baseball	speak English

常聽到美國人說的句子

Do you go to school?

他們去上學嗎？

Do you play basketball?

你打籃球嗎？

Do you know her?

你認識她嗎？

Do you do rock climbing?

你會攀岩嗎？

你＋ A ＋嗎？ （請替換下面的單字）

Do you+ A ？

原形動詞（+ 名詞）

1 習慣

- wear skirts 穿裙子
- eat eggplant 吃茄子
- smoke 吸煙
- read newspapers 看報紙
- take notes 做筆記
- drink juice 喝果汁

2 能力

- play baseball 打棒球
- dance 跳舞
- travel 旅遊
- go camping 去露營

3 興趣

- speak English 說英語
- study medicine 念醫學

Chapter 11

Does she+ A ？

CD1-20

她星期天上教堂嗎？

Does she go to church on Sunday?

使用場合

想問出他人的才能、認知、喜好、或是對他物的評價時，就這麼問！原形動詞若再接上名詞，則表示那是動詞的受詞。

POINT

本單元「相關」的內容

才能	認知	喜好	對其他事物的評價
cook	**understand**	**go hiking**	**play well**

常聽到美國人說的句子

Does she like to swim?
她喜歡游泳嗎？

Does she dance?
她跳舞嗎？

Does she own a bakery?
她擁有一家麵包店嗎？

Does she sew?
她會縫紉嗎？

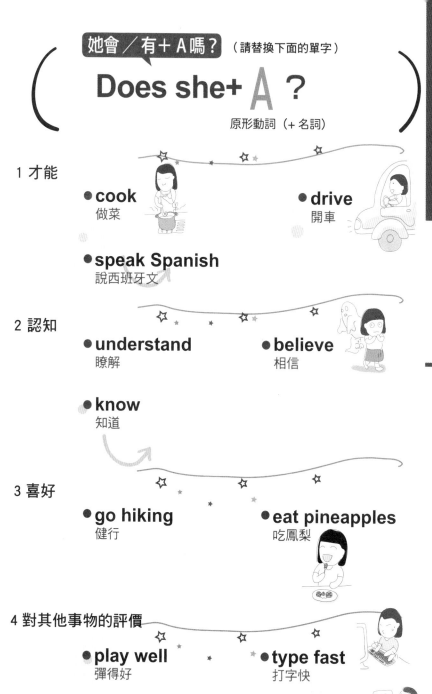

她會／有＋A嗎？（請替換下面的單字）

Does she+ A ?

原形動詞（+ 名詞）

1 才能

- **cook**
  做菜

- **drive**
  開車

- **speak Spanish**
  說西班牙文

2 認知

- **understand**
  瞭解

- **believe**
  相信

- **know**
  知道

3 喜好

- **go hiking**
  健行

- **eat pineapples**
  吃鳳梨

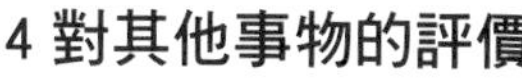

4 對其他事物的評價

- **play well**
  彈得好

- **type fast**
  打字快

- **work hard**
  努力工作

- **have talent**
  有天份

Chapter 12

Are+ A+ B ?　　CD1-21

這些書有趣嗎？

Are the books interesting?

使用場合　問別人是不是怎麼了、是不是如此，可以問候、確認事情，或是打聽別人對事物的評價等。

POINT

本單元「相關」的內容

問候、關心	確認	打探評價
David and Rob ／ O.K.	**the napkins ／ clean**	**the questions ／ difficult**

常聽到美國人說的句子

Are the surroundings peaceful?
這附近安寧嗎？

Are you sick?
你們生病了嗎？

Are the neighbors nice?
鄰居人好嗎？

Are you upset?
你們不開心嗎？

A ＋ B ＋嗎？

（請替換下面的單字）

Are+ A+ B ？

（冠詞 +）複數名詞　形容詞

1 問候、關心

- **David and Rob ／ O.K.**
  大衛和羅伯／還好
- **they ／ tired**
  他們／累了
- **the boys ／ scared**
  男孩／害怕
- **we ／ happy**
  我們／快樂
- **the kids ／ disappointed**
  孩子們／失望

2 確認

- **the napkins ／ clean**
  餐巾／乾淨
- **the chairs ／ stable**
  椅子／牢固
- **the dancers ／ ready**
  舞者／準備好了

3 打探評價

- **the questions ／ difficult**
  問題／困難
- **the views ／ magnificent**
  景觀／壯觀

- **the fans ／ satisfied**
  粉絲們／滿意
- **the pictures ／ beautiful**
  照片／漂亮

Chapter 13

Do+ A +need+ B ?

CD1-22

你需要休息嗎？

Do you need a rest?

使用場合　問別人需不需要什麼東西，可以用來問候、關心、或是評估狀況。

POINT

本單元「相關」的內容

問候、關心	評估
kids ／ toys	tourists ／ a guide

常聽到美國人說的句子

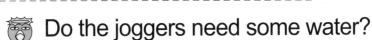

Do the joggers need some water?
慢跑者們需要水嗎？

Do you need any help?
你需要任何幫助嗎？

Do they need more time?
他們需要更多時間嗎？

Do the kids need a tutor?
孩子們需要一個家教老師嗎？

A＋需要＋B＋嗎？（請替換下面的單字）

Do+ A +need+ B ?

單 / 複數名詞　　（形容詞 / 冠詞＋）名詞

1 問候、關心

- **kids ／ toys**
  孩子／玩具
- **you ／ a pen**
  你 ／ 筆
- **they ／ a hint**
  他們／提示
- **animals ／ some food**
  動物／食物

- **you ／ advice**
  你／意見
- **your parents ／ maid**
  你的父母／女傭

2 評估

- **tourists ／ a guide**
  觀光客／嚮導
- **we ／ a map**
  我們／地圖

- **the employees ／ a vacation**
  員工們／假期
- **they ／ an encyclopedia**
  他們／百科全書
- **students ／ computers**
  學生／電腦
- **classrooms ／ televisions**
  教室／電視

Chapter 14

Is+ A+ B ?

CD1-23

任務很困難嗎？

Is the task difficult?

使用場合 問某個事物（人）如何，可以表示關心和問候，或是詢問天氣、別人對某個東西的評價如何等。

POINT

本單元「相關」的內容

關心、問候	天氣	對事物的評價
Lily ／ disappointed	**it ／ rainy**	**he ／ noisy**

常聽到美國人說的句子

Is the restaurant full?
餐廳客滿了嗎？

Is it hot?
天氣熱嗎？

Is your dog sick?
你的狗生病了嗎？

Is Allen all right?
艾倫還好嗎？

A＋是＋B＋嗎？（請替換下面的單字）

Is+ A + B ?

單數名詞　形容詞

1 關心、問候

- Lily ／ disappointed
  莉莉／失望
- your leg ／ hurt
  妳的腿／受傷
- David ／ confused
  大衛／疑惑
- her brother ／ mad
  她哥哥／生氣

2 天氣

- it ／ rainy
  天氣／下雨的
- the sky ／ blue
  天空／藍
- the air ／ fresh
  空氣／新鮮
- weather ／ humid
  天氣／潮濕

3 對事物的評價

- he ／ noisy
  他 ／ 吵
- she ／ thin
  她／瘦
- the tip ／ useful
  秘訣／有用
- the building ／ tall
  建築／高

Chapter 15

Are these+ A ?

CD1-24

這些是牡蠣嗎？

Are these oysters?

使用場合

確認某些事物究竟是些什麼東西，就這麼說！包括天然的動植物、人造的物品，以及他人的所有物。

POINT

本單元「相關」的內容

動植物	人造物	所有物
oranges	blocks	your files

Are these his presents?
這些是他的禮物嗎？

Are these your clothes?
這些是你的衣服嗎？

Are these food coupons?
這些是餐飲優惠券嗎？

Are these Lego bricks?
這些是樂高積木嗎？

這些是＋ A ＋嗎？ （請替換下面的單字）

Are these+ A ?

（冠詞 +）複數名詞

1 動植物

- **oranges**
  柳丁
- **maple leaves**
  楓葉

- **lady bugs**
  瓢蟲
- **lizards**
  蜥蜴

2 人造物

- **blocks**
  積木
- **staplers**
  釘書機

- **antiques**
  古董
- **note pads**
  便條紙

3 所有物

- **your files**
  你的檔案
- **his business cards**
  他的名片
- **her sunglasses**
  她的太陽眼鏡
- **my shorts**
  我的短褲

Chapter 16

It was+ A ！

CD1-25

這真有趣。

It was interesting.

使用場合

說明過去時間中，事件、回憶或是天氣如何，其中無論是春夏、秋冬都可以！

POINT

本單元「相關」的內容

春夏的天氣	秋冬的天氣	事件、回憶
hot	snowy	funny

常聽到美國人說的句子

It was cold yesterday.

昨天天氣真冷。

It was awesome!

這真了不起！

It was windy last night.

昨晚風很大。

It was stormy the other day.

之前有一天有暴風雨。

（當時）這／天氣＋真是A！ （請替換下面的單字）

It was+ A ！

形容詞

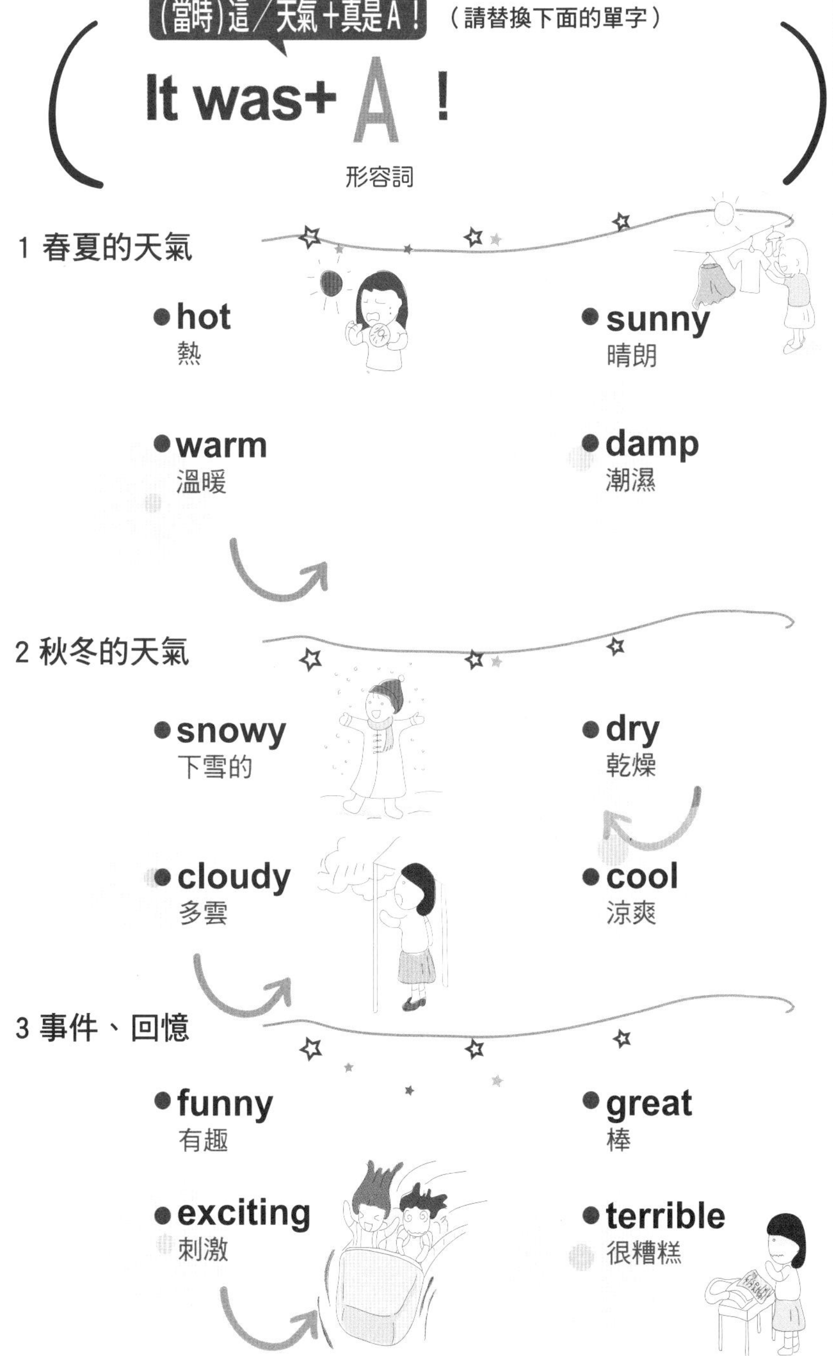

1 春夏的天氣

- **hot**
  熱
- **sunny**
  晴朗
- **warm**
  溫暖
- **damp**
  潮濕

2 秋冬的天氣

- **snowy**
  下雪的
- **dry**
  乾燥
- **cloudy**
  多雲
- **cool**
  涼爽

3 事件、回憶

- **funny**
  有趣
- **great**
  棒
- **exciting**
  刺激
- **terrible**
  很糟糕

Chapter 17

A +wasn't+ B. CD1-26

房子並不大。

The house wasn't large.

使用場合　說明某個人或事物，當時並不是如何如何，包括人、事、物的特質，或是也可以說明對某些東西的評價。

POINT

本單元「相關」的內容

特質	感覺	評價
the girl ／ tough	the policeman ／ sure	the MRT ／ convenient

常聽到美國人說的句子

The book wasn't difficult.
那本書並不困難。

He wasn't energetic.
他沒精神。

The ceremony wasn't successful.
典禮並不成功。

My dad wasn't happy then.
當時我爸爸並不開心。

當時＋A＋不／沒＋B。（請替換下面的單字）

A +wasn't+ B.

（冠詞 / 所有格＋）單數名詞　　形容詞

1 特質

- **the girl ／ tough**
那女孩／堅強
- **the dress ／ expensive**
洋裝／昂貴
- **the sound ／ strange**
聲音／奇怪
- **Grandpa ／ stubborn**
祖父／頑固
- **our principal ／ open-minded**
我們的校長／開放

2 感覺

- **the policeman ／ sure**
警方／確定

- **my girlfriend ／ surprised**
我的女友／驚喜

3 評價

- **the MRT ／ convenient**
捷運／方便
- **the game ／ fair**
比賽／公平
- **the restroom ／ clean**
洗手間／乾淨
- **the world ／ peaceful**
世界／和平

Chapter 18

Were you+ A ?

CD1-27

你當時對音樂有興趣嗎？

Were you interested in music?

使用場合

詢問或是關心對方在過去某時間內的狀態、特質、心情等。

POINT

本單元「相關」的內容

狀態	個性、特質	心情
free	lazy	serious

常聽到美國人說的句子

Were you available then?
你那時有空嗎？

Were you busy?
你當時很忙嗎？

Were you anxious at that time?
那時候你覺得焦慮嗎？

Were you passive then?
那時你很被動嗎？

你當時＋A＋嗎？（請替換下面的單字）

Were you+ A ?

形容詞

1 狀態

- **free**
  有空
- **absent**
  缺席 
- **occupied**
  有事的

2 個性、特質

- **lazy**
  懶惰
- **ignorant**
  無知
- **arrogant**
  自以為是
- **experienced** 
  有經驗的
- **dependent**
  依賴的

3 心情

- **serious**
  認真
- **bewildered**
  困惑的
- **impressed**
  印象深刻的
- **ashamed**
  羞恥的

Chapter 19

I just+ A.

CD1-28

我剛剛拖過地板。

I just mopped the floor.

使用場合

說明自己才剛做完某件事，可以是與他人的互動、自己的動作，或是某事件的結果。

POINT

本單元「相關」的內容

事情的結果	個人的活動	與他人互動
won	**danced**	**visited them**

常聽到美國人說的句子

I just finished my homework.

我剛剛完成我的功課。

I just woke up.

我剛起床。

I just fell asleep.

我剛睡著。

I just heard the news.

我剛聽到消息。

我剛＋ A。 （請替換下面的單字）

I just+ A.

過去式動詞（+ 名詞）

1 事情的結果

- **won**
贏了
- **left**
離開
- **succeeded**
成功
- **made it**
成功

2 個人的活動

- **danced**
跳舞
- **saw**
看到
- **cried**
哭泣
- **thought about it**
想到這件事

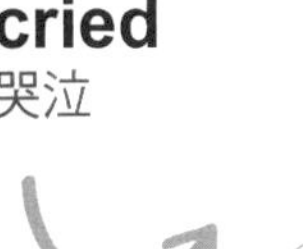

3 與他人互動

- **visited them**
拜訪他們
- **called her**
打電話給她
- **wrote a letter**
寫了一封信
- **found a turtle**
發現一隻烏龜

Chapter 20

I didn't+ A.

CD1-29

我沒看電視。

I didn't watch TV.

使用場合　說明自己之前沒有做某件事，可以表示辯解，或是飲食、工作等日常生活的話題。

POINT

本單元「相關」的內容

辯解	飲食	工作
lie	smell	e-mail

常聽到美國人說的句子

I didn't register.

我沒有註冊。

I didn't taste it.

我沒有品嚐它。

I didn't photocopy that.

我沒有影印那個。

I didn't slice the meat.

我沒有把肉切片。

我之前沒有＋A。（請替換下面的單字）

I didn't+ A.

原形動詞（+ 名詞）

1 辯解

- **lie** 說謊
- **hurt him** 傷害他
- **forget** 忘記
- **mean it** 故意的

2 飲食

- **smell** 聞到
- **cook** 煮飯
- **stir** 攪拌
- **peel** 削皮

3 工作

- **e-mail** 傳送電子郵件
- **fax** 傳真
- **apply** 應徵
- **print** 列印

Chapter 21

Did+ A+ B ？ CD1-30

他有洗碗嗎？

Did he wash the dishes?

使用場合 問某人某件事情做了沒？可使用在居家、公務、休閒娛樂等常用情境中。

POINT

本單元「相關」的內容

居家	公務	休閒娛樂
Mary ／ bake	**you ／ dress up**	**Steve ／ surf**

常聽到美國人說的句子

Did she go to the zoo?
她有去動物園嗎？

Did he have lunch?
他吃午餐了嗎？

Did my secretary call?
我的秘書有打來嗎？

Did your client sign?
你的客戶有簽名嗎？

A＋有＋B＋了嗎？（請替換下面的單字）

Did+ A + B ？

（冠詞 / 所有格 +）名詞　原形動詞

1 居家

- **Mary ／ bake**
瑪莉／烘培

- **Mom ／ cook**
媽媽／煮飯

- **John ／ drive**
約翰／開車

- **your uncle ／ stay**
你舅舅／停留

- **the dog ／ eat**
那隻狗／吃

2 公務

- **you ／ dress up**
你／盛裝打扮

- **she ／ open an account**
她／開帳戶

- **the engineer ／ contact you**
工程師／聯絡你

- **the receptionist ／ call back**
接待員／回撥

3 休閒娛樂

- **Steve ／ surf**
史蒂夫／衝浪

- **they ／ celebrate Christmas**
他們／慶祝聖誕節

- **your family ／ go hiking**
你的家人／去健行

Chapter 22

A +can+ B.

CD1-31

我很會打網球。

I can play tennis very well.

使用場合 除了表示人或事物的能力外，也可以用來表示允許，或是提議來討論可以怎麼做。

POINT

本單元「相關」的內容

能力	允許	提議
she ／ dive	You ／ relax	I ／ look after you

常聽到美國人說的句子

She can talk very fast.

她可以講話很快。

I can speak English.

我會說英文。

They can come in.

他們可以進來了。

You can visit him.

你可以去拜訪他。

A + 會／可以 + B。 （請替換下面的單字）

A +can+ B.

名詞　　原形動詞（+ 名詞）

1 能力

- **she ／ dive**
  她／潛水
- **he ／ play tennis**
  他／打網球
- **Jerry ／ translate**
  傑瑞／翻譯
- **Amanda ／ run**
  雅曼達／跑步
- **the robot ／ iron my clothes**
  機器人／燙我的衣服

2 允許

- **You ／ relax**
  你們／放輕鬆

- **they ／ choose**
  他們／選擇

- **you ／ check in**
  你／登記

3 提議

- **I ／ look after you**
  我／照顧你
- **we ／ dance**
  我們／跳舞

- **you ／ write to her**
  你／寫信給她
- **you ／ have spaghetti**
  你們／吃義大利麵

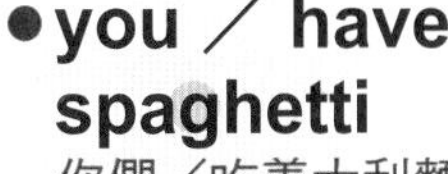

Chapter 23

A +must+ B.

CD1-32

我們必須解決問題。

We must solve the problem.

使用場合

用 must 表示必須做的事，可能是強制的命令、強力推薦，或是一般常理可以推斷的、必須做的事。

POINT

本單元「相關」的內容

命令	強力推薦	常理
she ／ stay	you ／ try	students ／ study

常聽到美國人說的句子

David must clean the kitchen.

大衛必須清理廚房。

We must cooperate.

我們必須合作。

You must see this.

你一定要看看這個。

Patients must rest.

病人必須休息。

A ＋必須＋ B。（請替換下面的單字）

A +must+ B.

名詞　原形動詞（+ 名詞）

1 命令

- she ／ stay
  她／留下來
- Peter ／ answer
  彼得／回答
- we ／ prepare
  我們／準備
- you ／ participate
  你／參與

the plan ／ stop
計畫 ／ 中止

2 強力推薦

- you ／ try
  妳／試試看
- you ／ pay a visit
  你們／造訪一趟
- we ／ take a look
  我們／瞧一瞧

3 常理

- students ／ study
  學生／唸書
- animals ／ reproduce
  動物／繁殖
- lions ／ hunt
  獅子／打獵
- humans ／ exercise
  人類／運動

Chapter 24

A +have to+ B.

CD1-33

我必須去上學了。

I have to go to school.

使用場合 用 have to 表示必須的語氣，可以用來說明判斷、告誡、常理等。

POINT

本單元「相關」的內容

判斷	告誡	常理
the soldiers ／ rest	**you ／ be careful**	**we ／ respect others**

常聽到美國人說的句子

We have to send a letter.

我們必須去寄信。

You have to behave.

你必須好好表現。

They have to redo it.

他們必須要重做。

Parents have to take care of their children.

父母必須要照顧他們的孩子。

A＋必須要＋B。（請替換下面的單字）

A +have to+ B.

複數名詞、I、 you　　原形動詞（+ 名詞 / 形容詞 ...）

1 判斷

- **the soldiers ／ rest**
  士兵們／休息
- **I ／ sit**
  我／坐下

- **the conflicts ／ end**
  衝突／結束
- **my brothers ／ sleep**
  我的弟弟們／睡覺

2 告誡

- **you ／ be careful**
  你們／小心
- **they ／ watch out**
  他們／當心

- **you ／ change**
  你／改變
- **the twins ／ learn**
  雙胞胎／學習

3 常理

- **we ／ respect others**
  我們／尊重他人
- **teachers ／ teach**
  老師／教書
- **police ／ protect us**
  警察／保護我們
- **we ／ knock on the door**
  我們／敲門

Chapter 25

A +can't be+ B.

CD1-34

你不能遲到。

You can't be late.

使用場合 Can't 有著不可以和不可能兩種意思，所以常用來說明告誡、命令、事實上不可能發生之事，或是表示個人的驚訝。

POINT

本單元「相關」的內容

事實	告誡、命令	表示驚訝
Youth ／ eternal	you ／ rude	it ／ useful

常聽到美國人說的句子

We can't be nervous.
我們不能緊張。

It can't be sunny!
不可能是晴天的！

The shop can't be closed.
那家店不可能關門的。

Our men can't be dead.
我們的弟兄不可能死的。

A＋不能／不可能＋B。 （請替換下面的單字）

A +can't be+ B.

（形容詞＋）名詞　　形容詞

1 事實

● **Youth ／ eternal**
青春／永恆的

● **crimes ／ moral**
犯罪／道德的

2 告誡、命令

● **you ／ rude**
你們／粗魯

● **we ／ disrespectful**
我們／沒禮貌

● **the check ／ lost**
那張支票／遺失

● **all students ／ absent**
所有的學生／缺席

3 表示驚訝

● **it ／ useful**
這東西／有用

● **he ／ serious**
他／認真

● **the painting ／ missing**
那幅畫／不見

● **dolls ／ alive**
洋娃娃／活的

● **the calculator ／ broken**
計算機／壞了

● **Melissa ／ angry**
梅莉莎／生氣

Chapter 26

Can you+ A ?

CD1-35

你可以幫我停車嗎？

Can you park my car?

使用場合

用 Can 來提問，可以表示關心、請求，或是確認事情、詢問他人的才能等。

POINT

本單元「相關」的內容

關心	請求	確認	問才能
bear it	define	feel	ski

常聽到美國人說的句子

Can you speak slower?
你可以說慢一點嗎？

Can you speak English?
你會說英文嗎？

Can you walk?
你可以走嗎？

Can you understand?
你可以了解嗎？

你可以／會＋A＋嗎？（請替換下面的單字）

Can you+ A ?

原形動詞（+ 名詞）

1 關心

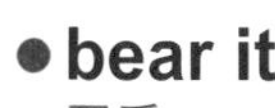

● **bear it**
忍受

● **afford it**
付得起

● **stand up**
站起來

● **sleep well**
睡得好

2 請求

● **define**
下定義

● **explain**
解釋

● **clean the room**
清理房間

3 確認

● **feel**
感受到

● **agree**
同意

● **imagine**
想像

4 問才能

● **ski**
滑雪

● **design**
設計

Chapter 27

Can + A+ B ?

CD1-36

我們能到處看看嗎？

Can we look around?

使用場合

詢問人或事物可不可以如何時，常常是在徵求同意、了解情況，或是也可能是比較微婉的責備。

POINT

本單元「相關」的內容

徵求同意	了解情況	暗示性的責備
she ／ try	my dog ／ recover	they ／ hurry

常聽到美國人說的句子

Can I borrow a pen?
我可以借一隻筆嗎？

Can I watch TV?
我可以看電視嗎？

Can you shut your mouth?
你可以閉上嘴巴嗎？

Can they fix my car?
他們可以修理我的車嗎？

A＋可以＋B＋嗎？ （請替換下面的單字）

Can+ A+ B ?

（冠詞 / 所有格 +）名詞　形容詞

1 徵求同意

- **she ／ try**
  她／嘗試
- **pet animals ／ come in**
  寵物／進來
- **we ／ take pictures**
  我們／照相
- **my friends ／ stay**
  我的朋友／留下

2 了解情況

- **the package ／ arrive**
  包裹／到達

- **my dog ／ recover**
  我的狗／痊癒
- **you ／ find it**
  你們／找到
- **music ／ replay**
  音樂／重播

3 暗示性的責備

- **they ／ hurry**
  他們／加快
- **you ／ relax**
  你／放鬆
- **the kids ／ behave**
  孩子們／有規矩點
- **we ／ stop**
  我們／停下來

Chapter 28

May I+ A ?

CD1-37

我可以離席一下嗎？

May I excuse myself?

使用場合

問別人自己是否可以做某件事，是打電話時的常用語，也可以用在徵求他人同意、購物等情境。

POINT

本單元「相關」的內容

打電話	購物	徵求同意
have your address	**exchange it**	**join**

常聽到美國人說的句子

May we leave a message?
我們可以留言嗎？

May I say something?
我可以說句話嗎？

May I have a seat?
我可以坐下嗎？

May I write you a check?
我可以給你支票嗎？

我可以＋ A ＋嗎？（請替換下面的單字）

May I+ A ？

原形動詞（+ 名詞）

1 打電話

- **have your address**
  留下你的地址
- **call you back**
  回撥
- **speak to him**
  和他說話

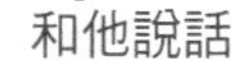

2 購物

- **exchange it**
  交換

- **have a refund**
  退貨

- **use a credit card**
  用信用卡
- **try**
  嘗試

3 徵求同意

- **join**
  加入

- **ask why**
  問為什麼

- **leave**
  離開
- **kiss you**
  吻你

- **see her**
  見她

Chapter 29

Could you+ A ?

CD1-38

可以請你告訴我該怎麼走嗎？

Could you show me the direction, please?

使用場合

有禮貌地請對方做某件事，可以表示請求、打電話、指示等，或是間接的罵人喔！後面可以多加上動詞的受詞（名詞），或是修飾動作的副詞。

POINT

本單元「相關」的內容

請求	打電話	指示	罵人
help	repeat	turn around	shut up

常聽到美國人說的句子

Could you stop screaming?
可以請你不要再叫了嗎？

Could you hold on?
可以請你等一下嗎？

Could you be honest with me?
你可以對我坦承嗎？

Could you do me a favor?
你們可以幫我一個忙嗎？

可以請你＋ A ＋嗎？ （請替換下面的單字）

Could you+ A ?

原形動詞（+ 名詞 / 副詞 ...）

1 請求

- **help** 幫忙
- **stay** 留下
- **come** 來

2 打電話

- **repeat** 重複
- **call later** 晚點打

- **speak louder** 講大聲點

3 指示

- **turn around** 轉身
- **sit** 坐下

- **stand up** 站起來

- **raise your hand** 舉手

4 罵人

- **shut up** 閉嘴

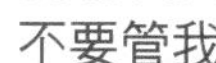

- **leave me alone** 不要管我

Chapter 30

Would you please+ A ?

可以請你把胡椒遞給我嗎？

Would you please pass me the pepper?

使用場合　問對方能不能做某件事，可以用來表示請求或是責備，也是電話溝通上的常用語法喔！

POINT

本單元「相關」的內容

請求	電話用語	責備
go	hold	follow

常聽到美國人說的句子

Would you please recite the poem?
可以請你朗讀這首詩嗎？

Would you please sit down?
請你坐下好嗎？

Would you please let him know I called?
可以請你告訴他我有打電話來嗎？

Would you please be on time?
請你準時好嗎？

請你＋ A ＋好嗎？ （請替換下面的單字）

Would you please+ A ？

原形動詞（+ 名詞 / 副詞 ...）

1 請求

● **go**
離開

● **stay**
留下來

● **give me a hand**
幫我一把

● **forgive me**
原諒我

2 電話用語

● **hold**
等一下

● **speak up**
說大聲一點

● **repeat that**
重複一次

● **call back later**
晚點再打

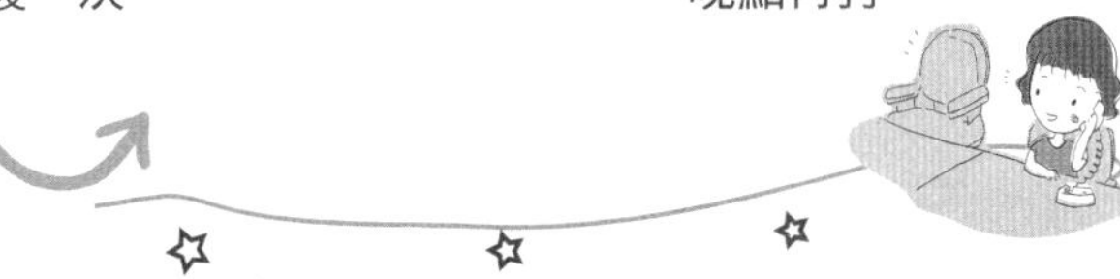

3 責備

● **follow**
跟上

● **be quiet**
安靜

● **calm down**
冷靜

● **pay attention**
注意

Chapter 31

A +should+ B.

你應該要自己賺錢。

You should earn your own money.

使用場合

表示某人應該要做什麼，常用來表示提議、責任，或是也可以是說明一般的事實。

POINT

本單元「相關」的內容

提議	責任、義務	常理
Kate ／ relax	we ／ recycle	the nurse ／ be patient

She should ask for advice.

她應該要詢問別人的建議。

We should go fishing now.

我們現在應該去釣魚。

The judges should be fair.

法官應該要公平。

You should ask her to dinner.

你應該邀請她吃晚餐。

A ＋應該＋ B。（請替換下面的單字）

A +should+ B.

（冠詞 +）名詞　　原形動詞（+ 名詞 / 副詞 ...）

1 提議

- **Kate ／ relax**
  凱特／放鬆
- **you ／ try some**
  你們／試吃一些
- **Iris ／ invite her**
  伊莉絲／邀請她
- **he ／ turn**
  他／轉彎
- **you ／ slow down**
  你／慢下來

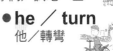

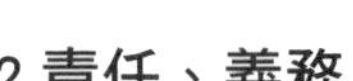

2 責任、義務

- **we ／ recycle**
  我們／回收

- **players ／ cooperate**
  選手／合作

- **Amanda ／ be polite**
  亞曼達／有禮貌

3 常理

- **the nurse ／ be patient**
  護士／有耐心
- **athlete ／ practice**
  運動員／練習

- **people ／ communicate**
  人／溝通
- **kids ／ learn**
  孩子／學習

Chapter 32

This is+ A+ B. CD1-41

這是一個舒服的地方。

This is a relaxing place.

使用場合　用 this 來向人介紹景點、人物，或是說明事物，還可以表達感嘆的語氣喔！

POINT

本單元「相關」的內容

介紹景點	介紹朋友	說明事物	感嘆
the ／ statue of liberty	**my ／ boyfriend**	**an ／ apple**	**a ／ nightmare**

This is an ambulance.
這是一輛救護車。

This is a book.
這是一本書。

This is an insult.
這是一種侮辱。

This is the Panama Canal.
這是巴拿馬運河。

這是＋ A ＋ B。 （請替換下面的單字）

This is+ A + B.

形容詞冠詞（所有格） 名詞

1 介紹景點

- the ／ statue of liberty
  自由女神
- the ／ White House
  白宮

- the ／ Grand Canyon
  大峽谷

2 介紹朋友

- my ／ boyfriend
  我的男友
- her ／ masterpiece
  她的傑作

- my ／ pen pal
  我的筆友

3 說明事物

- an ／ apple
  一顆蘋果

- the ／ palace
  那座皇宮

- an ／ antique
  一件古董
- an ／ oval
  一個橢圓

4 感嘆

- a ／ nightmare
  一場噩夢
- a ／ disaster
  一場災難

Chapter 33

We have+ A+ B.

CD1-42

我們有很多工作。

We have a lot of work.

使用場合

我們有什麼東西、有多少？這些東西指的可能是收藏、想法、關係人等，還可以說明受傷的情形喔！

POINT

本單元「相關」的內容

收藏	關係人	受傷	想法、
some ／ dolls	**six ／ students**	**a few ／ wounds**	**plenty of ／ ideas**

常聽到美國人說的句子

We have twelve pencils.
我們有十二枝鉛筆。

We have some questions.
我們有一些問題。

We have many dreams.
我們有很多的夢想。

We have a few broken bones.
我們有幾處骨折。

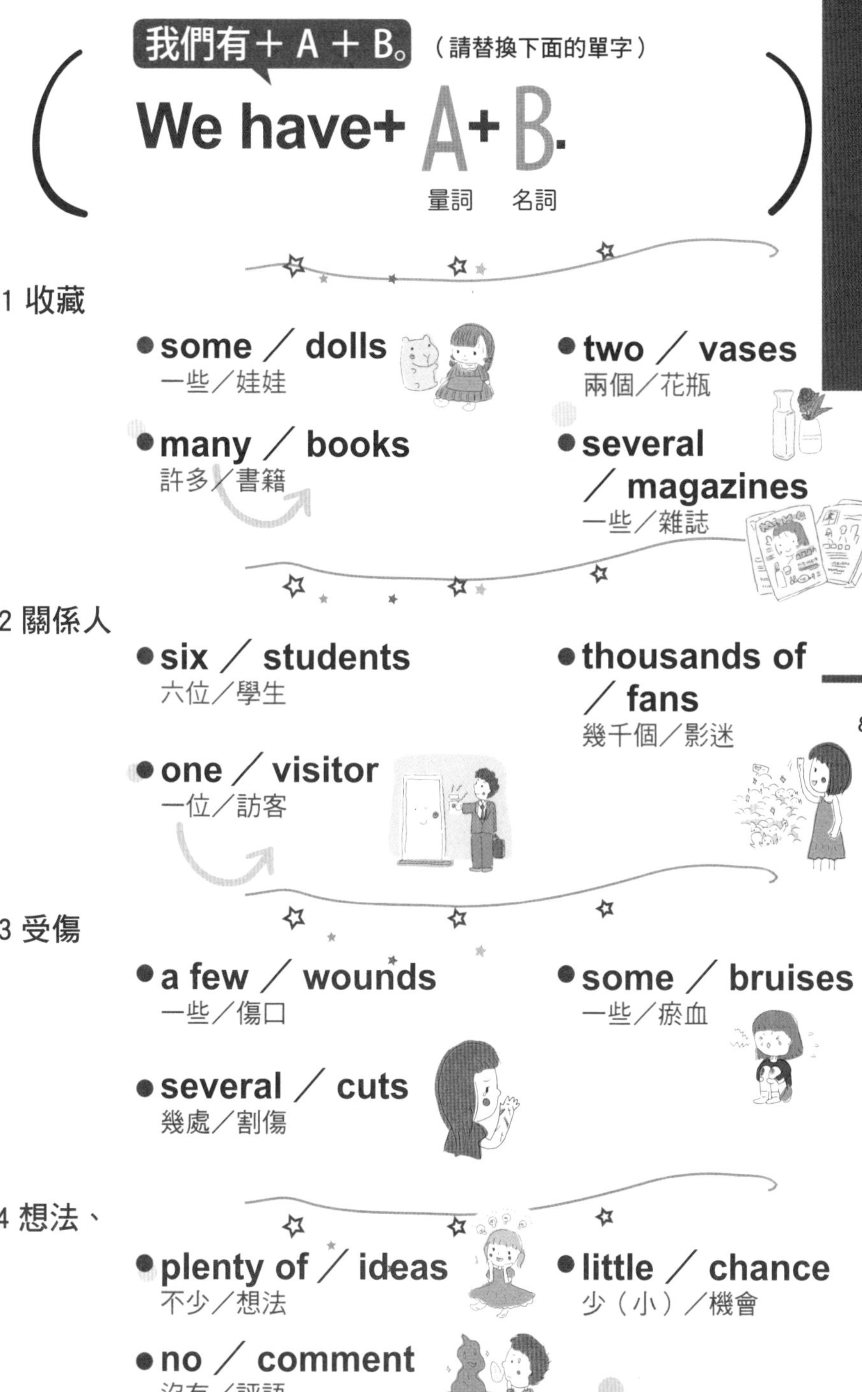

我們有＋A＋B。（請替換下面的單字）

We have+ A + B.

量詞　名詞

1 收藏

● some ／ dolls
一些／娃娃

● two ／ vases
兩個／花瓶

● many ／ books
許多／書籍

● several ／ magazines
一些／雜誌

2 關係人

● six ／ students
六位／學生

● thousands of ／ fans
幾千個／影迷

● one ／ visitor
一位／訪客

3 受傷

● a few ／ wounds
一些／傷口

● some ／ bruises
一些／瘀血

● several ／ cuts
幾處／割傷

4 想法、

● plenty of ／ ideas
不少／想法

● little ／ chance
少（小）／機會

● no ／ comment
沒有／評語

Chapter 34

I+ A + B. CD1-43

我總是走路上學。

I always walk to school.

使用場合 配合不同頻率副詞，表示自己有多常做某件事，可能是喜好、不做的事、習性的。

POINT

本單元「相關」的內容

喜好	不做的事	習性
often ／ cook	**never ／ drink**	**usually ／ eat alone**

常聽到美國人說的句子

I often have sandwiches for lunch.
我常常吃三明治當午餐。

I always get up early.
我總是早起。

I seldom exercise.
我很少運動。

I sometimes draw.
我有時候會畫畫。

我＋A＋B。（請替換下面的單字）

I + A + B.

頻率副詞　原形動詞（+ 名詞 / 副詞 ...）

1 喜好

- often ／ cook
  時常／煮飯

- sometimes ／ read
  有時／閱讀

2 不做的事

- never ／ drink
  從不／喝酒
- never ／ give up
  絕不／投降

- seldom ／ cry
  很少／哭

- seldom ／ offend people
  很少／冒犯人

3 習性

- usually ／ eat alone
  通常／獨自吃
- always ／ smile
  總是／微笑

- always ／ change
  總是／改變
- usually ／ fail
  通常／失敗
- often ／ misunderstand
  時常／誤解
- always ／ sweat
  總是／流汗

Chapter 35

We go to+ A.

CD1-44

我們每週末都去台北。

We go to Taipei every weekend.

使用場合 說明我們去什麼地方，常常是跟飲食、娛樂、購物等事情有關，也可以表示自己所就讀的學校。

POINT

本單元「相關」的內容

飲食	娛樂	購物	學校
the butcher store	the night club	the boutique	Oxford University

常聽到美國人說的句子

We go to the fast food restaurant sometimes.
我們有時候去速食店。

We go to the park very often.
我們很常去公園。

We go to a private school.
我們上的是一所私立學校。

We go to the Cambridge University.
我們上的是劍橋大學。

我們去＋ A。（請替換下面的單字）

We go to+ A.

地點

1 飲食

- **the butcher store**
  肉店

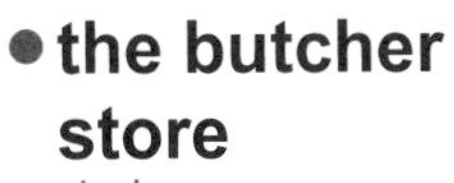

- **the bakery**
  麵包店
- **the coffee shop**
  咖啡廳

2 娛樂

- **the night club**
  夜店

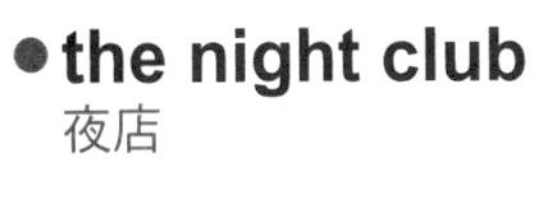

- **the cyber café**
  網咖

3 購物

- **the boutique**
  精品店
- **the bookstore**
  書店
- **the convenience store**
  便利商店

4 學校

- **Oxford University**
  牛津大學
- **public high school**
  公立高中
- **a bilingual kindergarten**
  雙語幼稚園

- **graduate school**
  研究所

Chapter 36

A +belongs to+ B .

這份榮譽是屬於大家的。

The honor belongs to everyone.

使用場合

說明事物是屬於誰的，常用在居家的生活場景中，以及比賽、機關單位的管轄事務等。

POINT

本單元「相關」的內容

居家	比賽	機關單位
the dress／Grandma	the award／the crew	this office／Foreign Language Department

This journal belongs to the library.
這份期刊是屬於圖書館的。

Such memory belongs to us.
那樣的回憶是屬於我們的。

The book belongs to the professor.
這本書是屬於教授的。

This ring belongs to my wife.
這戒指是屬於我妻子的。

A＋屬於＋B。 （請替換下面的單字）

A+belongs to+B.

(冠詞／形容詞+) 單數名詞　　(冠詞／形容詞+) 名詞

1 居家

- **the dress ／ Grandma**
  這件洋裝／祖母
- **this painting ／ my sister**
  這幅畫／我姊姊
- **the refrigerator ／ the landlord**
  冰箱／房東
- **the paper ／ the teacher**
  紙／老師
- **jacket ／ Raymond**
  夾克／雷蒙
- **this apartment ／ the Lins**
  這間公寓／林家人

2 比賽

- **the award ／ the crew**
  獎項／ 團隊

- **this moment ／ the champion**
  這一刻／冠軍
- **the victory ／ Tiger Wood**
  勝利／老虎伍茲

3 機關單位

- **this office ／ Foreign Language Department**
  這間辦公室／外國語文學系
- **the lake ／ the government**
  湖／政府
- **the document ／ the FBI**
  文件／調查局

Chapter 37

What is+ A ？

CD1-46

你的名字是什麼？

What is your name?

使用場合

問某個東西是什麼，常用在詢問他人的資訊、專有名詞的意義，或是一起討論、解決問題的時候。

POINT

本單元「相關」的內容

個人資訊	專有名詞	解決問題
your nationality	anorexia nervosa	the story

常聽到美國人說的句子

What is yoga?
瑜珈是什麼？

What is her problem?
她有什麼問題嗎？

What is your profession?
你的職業是什麼？

What is insomnia?
失眠症是什麼？

A +是什麼？（請替換下面的單字）

What is+ A ?

（冠詞 / 所有格 +）單數名詞

1 個人資訊

- **your nationality**
  你的國籍
- **her intention**
  她的意圖
- **his position**
  他的職位
- **Sarah's last name**
  莎拉的姓氏

2 專有名詞

- **anorexia nervosa**
  厭食症

- **el niño**
  聖嬰
- **terrorism**
  恐怖主義

- **evolution**
  演化

3 解決問題

- **the story**
  故事
- **the origin**
  源頭
- **the solution**
  解決辦法

- **the plan**
  計畫

Chapter 38

What are+ A ?

CD1-47

目標是什麼？

What are the goals?

使用場合

問別人某些東西究竟是什麼，可以用在公務、飲食、交換想法等情境中。

POINT

本單元「相關」的內容

公務	飲食	想法
the options	**the appetizers**	**your opinions**

What are marsh mellows?

棉花糖是什麼？

What are the symptoms?

症狀有哪些？

What are raisins?

葡萄乾是什麼？

What are the desserts?

點心是什麼？

A +是什麼？（請替換下面的單字）

What are+ A ？

複數名詞

1 公務

● **the options**
替代方案

● **the solutions**
解決方案

● **the choices**
選擇

2 飲食

● **the appetizers**
開胃菜

● **scallops**
扇貝

● **muffins**
瑪芬蛋糕

● **tortillas**
墨西哥玉米餅

3 想法

● **your opinions**
你的觀點

● **his ideas**
他的點子

● **their suggestions**
他們的建議

● **your questions**
你們的問題

Chapter 39

What did you+ A ?

CD1-48

你買了什麼？

What did you buy?

使用場合　問別人過去做了甚麼事情，常用在飲食、感官經驗、學業等日常生活的話題。

POINT

本單元「相關」的內容

飲食	感官	學業
cook	**hear**	**discover**

常聽到美國人說的句子

What did you feel?
你感覺到了什麼？

What did you eat?
你吃了什麼？

What did you ask?
你問了什麼？

What did you get?
你拿到了什麼？

你＋A＋了什麼？（請替換下面的單字）

What did you+ A ?

原形動詞

1 飲食

- **cook** 烹飪
- **prepare** 準備
- **boil** 煮滾
- **bake** 烘培
- **drink** 喝

2 感官

- **hear** 聽見
- **see** 看見
- **smell** 聞
- **watch** 觀看

3 學業

- **discover** 發現
- **learn** 學習
- **study** 研讀

CD1-49

誰是哈洛品特？

Who is Harold Pinter?

使用場合

問某個人是什麼人時，有可能是只知其名不知其人，或是只知頭銜不知其人，以及只見其人不知其名的情況喔！

POINT

本單元「相關」的內容

只知其名不知其人	只知頭銜不知其人	只見其人不知其名
Matt Damon	**Batman**	**that man**

常聽到美國人說的句子

Who is my partner?
我的搭擋是誰？

Who is the captain?
隊長是誰？

Who is the American president?
美國總統是誰？

Who is she?
她是誰？

A ＋是誰？ （請替換下面的單字）

Who is+ A ？

（冠詞 / 所有格 +）單數名詞

1 只知其名不知其人

- Matt Damon
  麥特戴蒙
- Jane Austin
  珍奧斯汀
- Leonardo Da Vinci
  李奧納多達文西
- Natalie Portman
  娜塔莉波曼

2 只知頭銜不知其人

- Batman
  蝙蝠俠
- the chairman
  主席

- the commander
  指揮官
- your assistant
  你的助理

- the author
  作者

3 只見其人不知其名

- that man
  那個男人
- this boy
  這個男孩
- that actress
  那個女演員

Chapter 41

When do / does+ A+ B ? CD1-50

學校什麼時候結束（下課）？

When does school end?

使用場合 問某件事情什麼事候會有什麼變化，常用在交通、自然現象、作息或行程表的說明上。

POINT

本單元「相關」的內容

交通	自然現象	作息
flight JL645 ／ take off	hurricanes ／ happen	Paula ／ get off work

常聽到美國人說的句子

When does the meeting start?
會議什麼時候開始？

When do the polar bears sleep?
北極熊什麼時候睡覺？

When do mangos grow?
芒果什麼時候生長？

When do you go to work?
你什麼時候上班？

A＋什麼時候＋B？（請替換下面的單字）

When do／does＋A＋B？

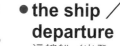

A：名詞　B：原形動詞

1 交通

- **flight JL645／take off**
  JL645 班機／起飛

- **the ship／departure**
  這艘船／出發

2 自然現象

- **hurricanes／happen**
  颶風／發生

- **humans／die**
  人類／死亡

- **summer／come**
  夏天／來臨

- **water／freeze**
  水／結冰

- **tulips／grow**
  鬱金香／生長

3 作息

- **Paula／get off work**
  寶拉／下班

- **we／have lunch**
  我們／吃午餐

- **the bakery／close**
  麵包店／關門

- **the TV program／air**
  那個電視節目／播映

- **the news／finish**
  新聞／結束

Chapter 42

Why do you+ A ？

CD1-51

為什麼你需要錢？

Why do you need money?

使用場合

問對方為什麼這樣，常用來了解對方某些行為的原因，像是情緒、習慣、打扮等。

POINT

本單元「相關」的內容

情緒	習慣	打扮
cry	smoke	wear sunglasses

常聽到美國人說的句子

Why do you take pills?
你為什麼吃藥？

Why do you have blue eyes?
你為什麼有藍色的眼睛？

Why do you drink?
你為什麼喝酒？

Why do you drive so fast?
你為什麼開車這麼快？

你為什麼＋A？（請替換下面的單字）

Why do you+A？

原形動詞（+ 名詞 / 形容詞 ...）

1 情緒

- **cry**
  哭泣

- **scream**
  尖叫

- **laugh**
  大笑

- **frown**
  皺眉頭

2 習慣

- **smoke**
  抽菸

- **do aerobics**
  做有氧運動

- **talk to yourself**
  自言自語

- **waste money**
  浪費錢

- **hate vegetables**
  討厭蔬菜

- **sleep naked**
  裸睡

3 打扮

- **wear sunglasses**
  戴太陽眼鏡

- **carry an umbrella**
  帶傘

Chapter 43

How do you+ A ？

CD1-52

你好嗎？

How do you do?

使用場合

問別人怎麼烹飪、學習等，甚至還可以表示問候！注意，這句話有時候並沒有指定對象喔！

POINT

本單元「相關」的內容

烹飪	學習	問候
bake pizzas	**spell it**	**feel**

常聽到美國人說的句子

How do you go to school ?

你都怎麼上學？

How do you make a cocktail?

要如何做雞尾酒？

How do you teach math?

要如何教數學？

How do you use a dictionary?

要如何用字典？

（你）如何＋A？ （請替換下面的單字）

How do you+ A ?

原形動詞（+ 名詞）

1 烹飪

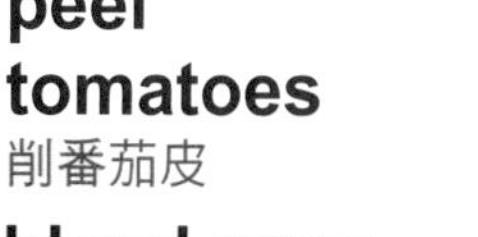

● **bake pizzas**
披薩

● **peel tomatoes**
削番茄皮

● **fry potatoes**
炸馬鈴薯

● **blend eggs with milk**
混合蛋和牛奶

● **cook noodles**
煮麵

2 學習

● **spell it**
拚字

● **pronounce this**
發（這個字）的音

learn Spanish
學西班牙文

● **explain its meaning**
解釋它的意思

● **train them**
訓練他們

3 問候

● **feel**
感覺

● **like it**
喜歡

Chapter 44

How much+ B +did you+ A ？ CD1-53

你花了多少錢？

How much money did you spend?

使用場合

問對方有多少某樣東西，又拿來做了什麼，常用在烹飪和飲食、公務等話題上，另外還有很多用法！

POINT

本單元「相關」的內容

烹飪、飲食	公務	其他
coffee ／ drink	**damage ／ cause**	**cash ／ lose**

常聽到美國人說的句子

How much water did you waste?
你浪費了多少水？

How much time did you use?
你用了多少時間？

How much information did you know?
你當時知道多少資訊？

How much juice did you prepare?
你準備了多少果汁？

你＋A＋了多少＋B？（請替換下面的單字）

How much+ B +did you+ A ?

B：不可數名詞　A：原形動詞

1 烹飪、飲食

- coffee ／ drink
  咖啡／喝
- sugar ／ buy
  糖／買
- salt ／ put in
  鹽／放
- flour ／ add
  麵粉／放
- furniture ／ throw away
  家具／丟掉

2 公務

- damage ／ cause
  損失／造成

- data ／ find
  檔案／找到

- stationery ／ purchase
  文具／購買

3 其他

- cash ／ lose
  現金／遺失
- garbage ／ create
  垃圾／製造
- jewelry ／ steal
  珠寶／偷竊

- luggage ／ bring
  行李／帶

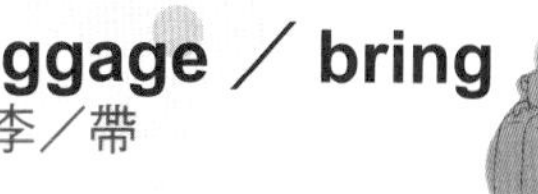

Chapter 45

How many+ A +do you have?

你有幾個小孩？

How many children do you have?

使用場合　問對方有多少個某樣東西，可以用來問對方有多少親友、有哪些收藏，或是也可以問對方有哪裡受傷。

POINT

本單元「相關」的內容

親友	收藏	受傷或其他
sisters	recipes	tattoos

常聽到美國人說的句子

How many cars do you have?
你有幾輛車？

How many books do you have?
你有多少本書？

How many tickets do you have?
你有多少張票？

How many cuts do you have?
你有幾處割傷？

你有多少的＋ A ？（請替換下面的單字）

How many+ A +do you have?

可數複數名詞

1 親友

- **sisters** 姊妹

- **brothers** 兄弟
- **cousins** 表兄弟

- **pen pals** 筆友

- **aunts** 阿姨（姑姑）

2 收藏

- **recipes** 食譜

- **DVDs** DVD

- **coupons** 餐券

- **photo albums** 相簿

3 受傷或其他

- **tattoos** 刺青
- **bruises** 瘀血
- **wounds** 傷口

Chapter 46

Which+ A ?

CD1-55

哪一個莎拉？

Which Sarah?

使用場合 問別人是哪一個某某東西，可以問對方是指哪一個人，或是也常用在購物、問路等日常生活方面喔！

POINT

本單元「相關」的內容

人	購物	問路
John	shop	street

常聽到美國人說的句子

Which market?

哪一個市場？

Which color?

哪一個顏色？

Which house?

哪一棟房子？

Which way?

哪一條路？

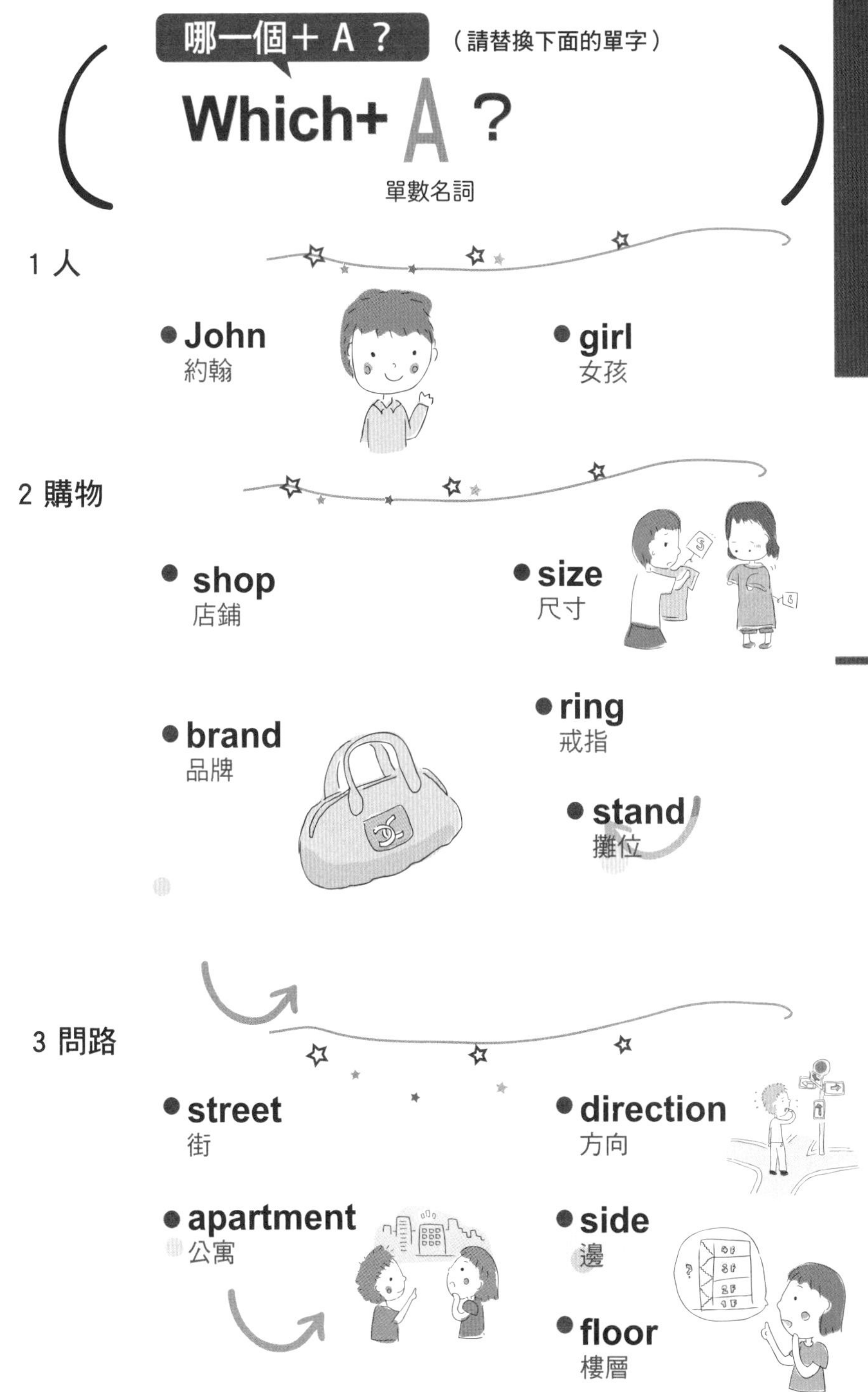

哪一個＋A？ （請替換下面的單字）

Which+ A ?

單數名詞

1 人

- **John**
  約翰
- **girl**
  女孩

2 購物

- **shop**
  店鋪
- **size**
  尺寸
- **brand**
  品牌
- **ring**
  戒指
- **stand**
  攤位

3 問路

- **street**
  街
- **direction**
  方向
- **apartment**
  公寓
- **side**
  邊
- **floor**
  樓層

Chapter 47

Don’t be+ A.

CD1-56

不可以沒禮貌。

Don’t be rude.

使用場合

叫對方別如何如何，可以是壞心的嘲笑、苦口婆心的告誡，也可能是好心的安慰喔！

POINT

本單元「相關」的內容

安慰	嘲笑	告誡
mad	stupid	childish

常聽到美國人說的句子

Don’t be mean.
不可以這麼壞。

Don’t be silly.
別傻了。

Don’t be upset.
別不開心了。

Don’t be embarrassed.
別覺得尷尬。

不可以／別＋A。（請替換下面的單字）

Don't be+ A.

形容詞

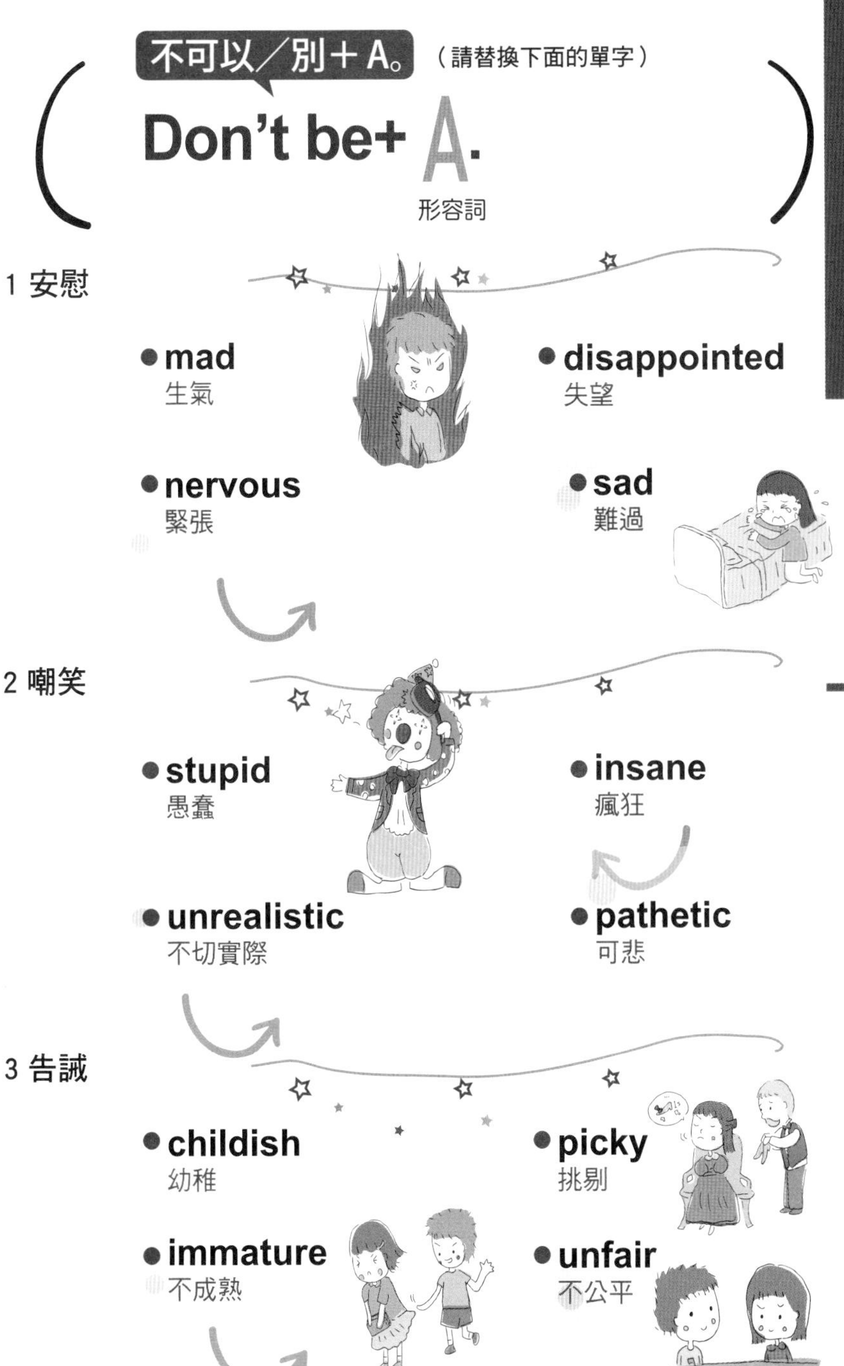

1 安慰

- mad 生氣
- disappointed 失望
- nervous 緊張
- sad 難過

2 嘲笑

- stupid 愚蠢
- insane 瘋狂
- unrealistic 不切實際
- pathetic 可悲

3 告誡

- childish 幼稚
- picky 挑剔
- immature 不成熟
- unfair 不公平

Chapter 48

Please don't+ A.

CD1-57

請不要離開我。

Please don't leave me.

使用場合

請別人不要做某件事，可以是懇求、安撫他人，也可以是強制口氣的規定。

POINT

本單元「相關」的內容

懇求	安撫	規定
do this	rush	 litter

常聽到美國人說的句子

Please don't interrupt us.
請不要打擾我們。

Please don't smoke.
請不要抽菸。

Please don't touch that.
請不要碰那個。

Please don't cry.
請不要哭

請不要＋ A。（請替換下面的單字）

Please don't+ A.

原形動詞（+ 名詞）

1 懇求

- **do this**
  麼做
- **hurt him**
  傷害他
- **blame me**
  怪我

2 安撫

- **rush**
  匆忙
- **panic**
  慌張

- **lose patience**
  失去耐性

3 規定

- **litter**
  亂丟垃圾
- **chew gum**
  咬口香糖
- **drink**
  喝東西
- **lose it**
  弄丟

- **break this**
  把這弄壞
- **forget**
  忘記

Chapter 49

Let's+ A ！

我們走吧！

Let's go!

使用場合　呼朋引伴來一起做事吧！一起玩樂、一起在課業上努力、一起相互激勵！

POINT

本單元「相關」的內容

玩樂	課業	激勵
dance	think	fight

常聽到美國人說的句子

Let's go shopping.
我們去購物吧！

Let's finish the page.
我們把這頁看完吧。

Let's see.
我們來看看。

Let's try again.
我們再試一次吧。

我們＋ A ＋吧！（請替換下面的單字）

Let's+ A ！

原形動詞（+ 名詞）

1 玩樂

- dance 跳舞
- race 賽跑 
- take pictures 照相
- surf the Internet 上網 
- wrestle 摔角

2 課業

- think 思考
- study 念書
- review 複習 
- practice 練習

3 激勵

- fight 奮鬥
- score 得分
- win this game 贏得這場比賽

Chapter 50

Be+ A. CD1-59

要小心。

Be careful.

使用場合：告訴別人該怎麼樣才對，可以用來鼓勵、告誡他人，或是比較嚴肅的斥責。

POINT

本單元「相關」的內容

鼓勵	告誡	斥責
happy	alert	silent

常聽到美國人說的句子

Be confident.
要有自信。

Be honest.
要誠實。

Be responsible.
要負責任。

Be quiet !
安靜！

要＋A。（請替換下面的單字）

Be+ A.

形容詞

1 鼓勵

- **happy**
  快樂 
- **strong**
  堅強 
- **cheerful**
  開心
- **open-minded**
  心胸開闊
- **joyful**
  開心

2 告誡

- **alert**
  有警覺性的
- **diligent**
  勤奮 
- **loyal**
  忠誠 
- **grateful**
  感恩

3 斥責

- **silent**
  安靜
- **focused**
  專心
- **respectful**
  有禮貌的

Chapter 51

A+ B ！ CD1-60

走開！

Go away ！

使用場合 原形動詞開頭的命令語氣，可以用在給予指示、勉勵、喝斥等情況

POINT

本單元「相關」的內容

指示	勉勵 喝斥
wake ／ up	hold ／ still

常聽到美國人說的句子

Go on.

繼續。

Stay there.

待在那裡。

Shut up!

閉嘴！

Sit down.

坐下

A＋B！（請替換下面的單字）

A+B！

原形動詞　副詞

1 指示

- **wake ／ up**
  起床
- **give ／ in**
  投降

2 勉勵 喝斥

- **hold ／ still**
  保持靜止
- **come ／ here**
  過來這裡
- **get ／ out**
  出去
- **lie ／ down**
  躺下
- **look ／ here**
  看著這裏
- **turn ／ right**
  右轉
- **speak ／ louder**
  講大聲一點
- **go ／ in**
  進去
- **turn ／ around**
  轉身
- **study ／ hard**
  努力念書

Part 3

Chapter 1 說說自己

1. 我的名字

2-1

你叫什麼名字？

What's your name？

–我叫梅格萊恩。

—My name is Meg Ryan.

陳美玲 **Meiling Chen**	金博撒冷 **Kimber Salen**
鈴木山崎 **Suzuki Yamazaki**	大衛舒茲 **David Shultz**
吳明 **Ming Wu**	芮妮布迪厄 **Renee Boudrieu**

2. 我姓史密斯

2-2

你姓什麼？

What's your last name ？

–史密斯。

—Smith.

強森 **Johnson**	威廉 **William**
瓊斯 **Jones**	布朗 **Brown**

大衛 **David**	米勒 **Miller**
威爾遜 **Wilson**	莫爾 **Moore**
泰勒 **Taylor**	安德森 **Anderson**
湯瑪士 **Thomas**	傑克遜 **Jackson**

例句

你好，我是泰利。

Hello, I'm Terry.

我的名字是美玲，姓陳。

My first name is Meiling and my family name is Chen.

您好嗎？

How do you do?

很高興認識你。

Nice to meet you.

很高興認識你。

Glad to meet you.

很高興認識您。

Pleased to meet you.

很榮幸認識您。

It's a pleasure to meet you.

你叫什麼名字？

What's your name?

3. 我來自台灣

2-3

你從哪裡來？

Where are you from ？

-我來自台灣。

—I'm from Taiwan.

中國 **China**	美國 **the U.S.A**
日本 **Japan**	加拿大 **Canada**
韓國 **Korea**	北韓 **North Korea**
印度 **India**	新加坡 **Singapore**
馬來西亞 **Malaysia**	菲律賓 **the Philippines**
泰國 **Thailand**	俄羅斯 **Russia**
瑞典 **Sweden**	瑞士 **Switzerland**

4. 我住在台北

2-4

你住哪裡？
Where do you live ？
–我住在台北。
—I live in Taipei.

北京（中國） **Beijing (China)**	華盛頓（美國） **Washington(the U.S.A.)**
東京（日本） **Tokyo(Japan)**	首爾（南韓） **Seoul(Korea)**
平壤（北韓） **Pyongyang(North Korea)**	新德里（印度） **New Delhi(India)**
新加坡（新加坡） **Singapore(Singapore)**	吉隆坡（馬來西亞） **Kuala Lumpur(Malaysia)**
馬尼拉（菲律賓） **Manila(Philippines)**	曼谷（泰國） **Bangkok(Thailand)**
羅馬（義大利） **Rome(Italy)**	倫敦（英國） **London(England)**

例句

我是台灣人。

I'm Taiwanese.

你是來自美國的嗎？

Are you from the U.S.A.?

我住在洛杉磯。

I live in Los Angeles.

你英文說得真好。

You speak English very well.

我會說一點點英文。

I speak a little English.

你學英文有多久了？

How long have you studied English?

學了好幾個月。

For several months.

你會說中文嗎？

Can you speak Chinese?

5. 我是英文老師

你從事什麼工作？

What do you do ？

–我是<u>英文老師</u>。

—I'm an <u>English teacher</u>.

醫生 **a doctor**	護士 **a nurse**
律師 **a lawyer**	商人 **a businessperson**
作家 **a writer**	電腦程式員 **a computer programmer**
記者 **a reporter**	學生 **a student**

例句

我在貿易公司工作。

I work in a trading company.

我為政府工作。

I work for the government.

我自己經營事業。

I run my own business.

我開了一家理髮店。

I have a barbershop.

我在大學教書。

I teach in a university.

我是全職的家庭主婦。

I'm a full-time housewife.

我是家庭主婦。

I'm a homemaker.

我自己當老闆做生意。

I'm self-employed.

好用單字

全職 **full-time**	兼職 **part-time**
待業中 **unemployed**	正在找工作 / 待職中 **looking for a job**
剛畢業 **just graduated from school**	剛退伍 **just got out of the army**

6. 我想當棒球選手

2-6

你想要從事什麼工作？

What do you want to be ？

–棒球選手。

—A baseball player.

作家 **A writer**	翻譯員 **A translator**
電視節目製作人 **A TV producer**	導遊 **A tour guide**
老師 **A teacher**	歌手 **A singer**
科學家 **A scientist**	總統 **A President**

企劃者 **A planner**	護士 **A nurse**
音樂家 **A musician**	電影明星 **A movie star**

7. 這是楊先生

2-7

這位是楊先生。

This is Mr. Yang.

–很高興見到你。

—Nice to meet you.

王 **Wang**	陳 **Chen**	林 **Lin**
黃 **Huang**	張 **Chang**	李 **Li**
吳 **Wu**	劉 **Liu**	蔡 **Tsai**

1. 這是我爸爸

2-8

這是我<u>爸爸</u>。
This is my <u>father</u>.

媽媽 **mother**	哥哥 **older brother**
弟弟 **younger brother**	姊姊 **older sister**
妹妹 **younger sister**	妻子 **wife**
丈夫 **husband**	叔叔、舅舅 **uncle**
姨媽、姑姑 **aunt**	表兄弟姐妹 **cousin**
姪女、外甥女 **niece**	姪子、外甥 **nephew**
兒子 **son**	女兒 **daughter**
祖父 **grandfather**	祖母 **grandmother**

我有一個女兒。

I have a daughter.

他們是我的父母。

They are my parents.

我是家裡的獨生子（獨生女）。

I'm an only child.

我沒有兒女。

I don't have any kids.

我有一個弟弟（哥哥）和兩個妹妹（姊姊）。

I have a brother and two sisters.

我是家裡的老么。

I'm the youngest in my family.

我媽媽去世了。

My mom passed away.

我爸爸獨自撫養我們長大。

My dad raised us by himself.

他必須非常辛苦的工作。
He had to work very hard.

我們互相照顧對方。
We took care of each other.

他不曾再婚。
He never remarried.

我們非常想念我們的母親。
We miss our mom very much.

2. 哥哥是汽車行銷員

你哥哥（弟弟）從事什麼工作的？
What does your brother do?

我哥哥（弟弟）是汽車行銷員。
My brother is a car dealer.

他在一家速食餐廳打工。
He works part-time in a fast food restaurant.

我爸爸擁有一間婚紗攝影室。

My dad has a wedding studio.

她就讀研究所。

She's in graduate school.

她在花旗銀行工作。

She works at City Bank.

他們是開花店的。

They are florists.

他剛退伍。

He just got out of the army.

他正在找工作。

He is between jobs.

我的哥哥（弟弟）從事他技術專長的工作。

My brother is working on his skill set.

3. 我妹妹有點害羞

2-10

我妹妹（姊姊）有一點<u>害羞</u>。
My sister is a little <u>shy</u>.

溫柔 **gentle**	安靜 **quiet**
外向 **outgoing**	固執 **stubborn**
勤快 **diligent**	慷慨 **generous**
急性子 **hot-tempered**	

例句

我妹妹（姊姊）是個可愛的女生。
My sister is a sweet girl.

我弟弟（哥哥）沒有女朋友。
My brother doesn't have a girlfriend.

他擅長運動。
He is good at sports.

她網球打得很好。
She plays tennis very well.

她住在香港。
She lives in Hong Kong.

我父親非常隨和。
My father is very easygoing.

我的朋友都很喜愛我的父母親。
My friends love my parents.

我女兒主修音樂。
My daughter majors in music.

我妹妹（姊姊）很少與人來往。
My sister keeps to herself a lot.

她很聰明，不過她不太發表意見。
She's very smart, but shedoesn't say much.

好用單字

可愛的、小巧玲瓏的 **cute**	漂亮的、秀麗的 **pretty**
苗條的、纖細的 **slim**	圓胖的、豐滿的 **chubby**
肥胖的 **fat**	皮包骨的、極瘦的 **skinny**
已婚的、有配偶的 **married**	單身的、未婚的 **single**

Chapter 3 談天氣

1. 今天真熱

2-11

今天真熱。

It's hot today.

涼快的 **cool**	冷的、寒冷的 **cold**
多雲的、陰天的 **cloudy**	溫暖的、暖和的 **warm**
潮濕的 **humid**	有霧的、多霧的 **foggy**
有起風 **windy**	下雨的、多雨的 **rainy**

例句

今天天氣如何？

How's the weather today?

天氣真棒。

The weather is great.

天氣晴朗。

It's a sunny day.

下著大雨。

It's raining hard.

多雲。

It's cloudy.

天色看起來好像要下雨。

It looks like it's going to rain.

我們這裡明天會颳颱風。

We'll have a typhoon tomorrow.

天啊！天氣變得那麼快。

Man! It changed so fast.

外面風還蠻大的。

It's pretty windy out there.

真是個萬里晴空的日子！

What a clear day!

氣溫幾度？

What's the temperature?

34 度。

It's 34 degrees.

度、度數 **degree(s)**	攝氏溫度 **Centigrade**
華氏溫度 **Fahrenheit**	溫度計 **thermometer**
＊雨衣 **rain coat**	＊雨傘 **umbrella**
＊下大雨 **a heavy rain**	＊淋濕 **to be soaked**

2. 紐約天氣怎麼樣

紐約的天氣怎麼樣？
How is the weather in New York ?

春天 **spring**	夏天 **summer**
秋天 **fall ／ autumn**	冬天 **winter**

夏天炎熱。
It's hot in the summer.

有時候下午會下雨。
It rains sometimes in the afternoon.

在這裡，秋天是最棒的季節。
Fall is the best season of the year here.

這裡天氣跟加州差不多一樣涼快。
The weather is about as cool as it is in California.

雨季是從四月到八月。

The rainy season is from April to August.

一月份和二月份常常會下雪。

It snows often in January and February.

春天是很美妙的。

Spring is lovely.

這裡的冬天通常很冷。

The winters are usually chilly here.

3. 明天會下雨嗎

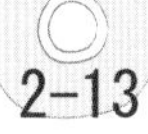

明天會下雨嗎？
Will we have rain tomorrow ？

雪 **snow**	雨 **rain**
颱風 **a typhoon**	雷陣雨 **thundershowers**
霧 **fog**	颶風 **a hurricane**
冰雹 **hail**	冷鋒面 **a cold front**

本週末會變得比較涼快。
It will become cooler this weekend.

本週三會刮颱風。
We'll have a typhoon this Wednesday.

明天的天氣如何？
How will the weather be tomorrow?

明天可能會下雨。

It might rain tomorrow.

傍晚溫度會下降 2 至 3 度。

The temperature will drop 2 to 3 degrees in the evening.

1. 我的生日是三月二十四日

2-14

你的生日在什麼時候？
When is your birthday ？
–我的生日是三月二十四日。
—My birthday is on March 24th.

一月二十日 **January twentieth**	二月二日 **February second**
三月十六日 **March sixteenth**	四月一日 **April first**
五月十四日 **May fourteenth**	六月十一日 **June eleventh**
七月三日 **July third**	八月八日 **August eighth**

例句

你是幾年出生的？
What year were you born?

我是 1975 年出生的。
I was born in 1975.

我的生日是在五月。
My birthday is in May.

你會在生日做些什麼？
What will you do on your birthday?

我今年就二十歲了。
I will be twenty this year.

2. **我是雙子座**

2-15

你是什麼星座呢？
What's your sign ?
–我是<u>雙子座</u>。
—I'm a <u>Gemini</u>.

白羊座 **Aries**	金牛座 **Taurus**
雙子座 **Gemini**	巨蟹座 **Cancer**

獅子座 **Leo**	處女座 **Virgo**
天秤座 **Libra**	天蠍座 **Scorpio**
射手座 **Sagittarius**	摩羯座 **Capricorn**
水瓶座 **Aquarius**	雙魚座 **Pisces**

例句

我猜你是處女座。
I bet you are a Virgo.

雙魚座非常有藝術氣息。
Pisces are very artistic.

射手座很活潑外向。
Sagittarius are active and outgoing.

你完全不像天秤座。

You are not like a Libra at all.

我不相信那一套。

I don't believe in that kind of stuff.

這完全不合理。

It just doesn't make any sense.

你每天都會看你的星座運勢嗎？

Do you read your horoscope every day?

我媽媽和我太太都是魔羯座的。

My mother is a Capricorn and so is my wife.

我認為星座占卜很有意思。

I think astrology is very interesting.

巨蟹座是很情緒化的。

Cancers are highly emotional.

好用單字

雅緻的、優美的 **elegant**	吹毛求疵的、挑剔的 **picky**
獨立的、自主的 **independent**	樂觀的 **optimistic**
有耐心的、能忍受的 **patient**	隨和的 **easygoing**
倔強的、頑固的 **stubborn**	悲觀的 **pessimistic**

3. 我覺得她很多愁善感

我覺得她很多愁善感。
I think she's very sentimental.

浪漫的、多情的 **romantic**	被動的、消極的 **passive**
主動的、活潑的 **active**	負責任的、可信賴的 **responsible**
敏感的、靈敏的 **sensitive**	擅長交際的 **sociable**

例句

我受不了她！

I can't stand her!

她就是不能閉嘴。

She never shuts up.

我想她只是日子不太好過。

I think she's just having a hard time.

我對某些事情抱著極負面的想法。

I'm very negative about some things.

你總是看到事情的好的一面。

You always look on the bright side.

你真是非常仁慈。

You really are very kind.

他正好不是我喜歡的那一型。

He's just not my type.

他經常道人長短。

He gossips a lot.

1. 我喜歡看小說

2-17

你週末喜歡做什麼？
What do you like to do on the weekend ?
–我喜歡閱讀小說。
—I love reading novels.

逛街 **to go shopping**	看電視 **watching TV**
健行 **to go hiking**	和家人共度 **spending time with my family**
和朋友去 KTV 唱歌 **going to KTV with friends**	只要跟你在一起 **just being with you**

例句

我喜歡開車兜風
I like driving around.

我喜歡旅行。
I like to go traveling.

我什麼都不能做，因為我要工作。
I can't do anything, I have to work.

不做什麼。只在家休息。

Nothing special. Just resting at home.

我週末有兼差的工作。

I have a part-time job on the weekend.

我喜歡去看棒球比賽。

I like to go to a baseball game.

明天我們要外出去旅行。

Tomorrow we will go out for a trip.

我一直都很期待這次旅行。

I'm really looking forward to this.

這聽起來很有趣。

That sounds fun.

那真是糟糕。

That's awful.

2. 我喜歡打籃球

你喜歡運動嗎？

Do you like sports ？

–喜歡，我喜歡打籃球。

—Yeah, I love playing basketball.

美式足球 **football**	足球 **soccer**
高爾夫球 **golf**	網球 **tennis**
羽毛球 **badminton**	曲棍球 **hockey**
排球 **volleyball**	壘球 **softball**

我是洋基隊的忠實球迷。

I'm a big Yankees fan.

我不會錯過 ESPN 播放的任何一場比賽。

I never miss a game on ESPN.

我喜歡看美式足球賽。

I love football games.

你想要找個時間一起打網球嗎？

Do you want to play tennis together sometime?

好的，我們找個時間打球吧。

Yeah, let's do it sometime.

這個嘛，我不太擅長運動。

Well, I'm not too good at sports.

籃球是我喜愛的運動。

Basketball is my favorite sport.

你知道怎麼滑水嗎？

Do you know how to water-ski?

這是我的第一次。

This is my first time.

你會潛水嗎？

Can you dive?

我很喜歡潛水。

I like diving very much.

不，我不知道怎麼跳水。

No, I don't know how.

3. 我不玩團隊運動，但我游泳

我不玩團隊運動，但我游泳。

I don't do team sports, but I swim.

騎腳踏車 **go biking ／ go cycling**	釣魚 **go fishing**
做有氧運動 **do aerobics**	慢跑 **go jogging**
空手道 **do karate**	衝浪 **go surfing**

做瑜珈 **do yoga**	攀岩 **go rock climbing**
滑雪 **go skiing**	去健身房健身 **work out in the gym**

例句

你做運動嗎？
Do you do exercises?

你多久去一次健身房健身？
How often do you work out in the gym?

哇！這聽起來很有趣。
Wow, that sounds fun.

這很難嗎？
Is that difficult?

我不看 ESPN 的。
I don't watch ESPN.

你喜歡登山旅行嗎？

Did you enjoy the mountaineering trip?

我很喜歡。

I liked it very much.

我喜歡自己一個人運動。

I enjoy exercising on my own.

4. 我的嗜好是收集卡片

你的嗜好是什麼？

What's your hobby ？

–我的嗜好是收集卡片.

—My hobby is collecting cards.

聽音樂 **listening to music**	唱卡拉OK **karaoke**
看電影 **watching movies**	閱讀 **reading**

看電視 **watching TV**	上網 **browsing the Internet**
玩電視遊樂器 **playing video games**	畫圖 **drawing pictures**
彈鋼琴 **playing the piano**	彈吉他 **playing the guitar**
烹飪 **cooking**	購物 **shopping**
旅遊 **traveling**	高爾夫 **golf**

I good 英語 08

7天學會 365天用的美語51句型

a sentence pattern

發行人⋯⋯⋯林德勝
著者⋯⋯⋯⋯里昂 著
出版發行⋯⋯山田社文化事業有限公司
106台北市大安區安和路一段112巷17號7樓
Tel：02-2755-7622
Fax：02-2700-1887
郵政劃撥⋯⋯19867160 號　大原文化事業有限公司
網路購書⋯⋯日語英語學習網 http://www.daybooks.com.tw
經銷商⋯⋯⋯聯合發行股份有限公司
新北市新店區寶橋路235巷6弄6號2樓
Tel：02-2917-8022
Fax：02-2915-6275
印刷⋯⋯⋯⋯上鎰數位科技印刷有限公司
法律顧問⋯⋯林長振法律事務所　林長振律師
定價⋯⋯⋯⋯新臺幣299元
2016年7月 初版

978-986-6692-62-8

STS
山田社

STS
山田社